ullstein

Das Buch

Südafrika – in Claras Phantasie Schauplatz heißer Nächte voller Magie und Begehren.

Als sie mit ihren Freunden einen Trip in die Timbavati-Region plant, ist die attraktive Blondine mit Feuereifer bei der Sache. Und stimmt sich in sinnlichen Tagträumen auf ihre Abenteuer unter südlicher Sonne ein.

In der Savanne trifft Clara auf den Wissenschaftler Damian, der für den Schutz der bedrohten weißen Löwen kämpft. Magisch fühlt sie sich zu dem sexy Engländer hingezogen.

Werden ihre Erlebnisse in Afrika Claras lustvollste Phantasien übertreffen?

Die Autorin

Cora Rubin ist das Pseudonym einer erfolgreichen deutschen Autorin. Sie verbrachte viele Jahre in München. Heute lebt und arbeitet sie auf Teneriffa.

Cora Rubin

Trommeln der Lust

Eine erotische Safari

Ullstein

Besuchen Sie uns im Internet:
www.ullstein-taschenbuch.de

MIX
Papier aus verantwortungsvollen Quellen
FSC® C006701

Originalausgabe im Ullstein Taschenbuch
1. Auflage April 2012

Umschlaggestaltung: ZERO Werbeagentur, München
Titelabbildung: © Sabine Schönberger photography
Satz: Pinkuin Satz und Datentechnik, Berlin
Gesetzt aus der Apollo MT
Papier: Pamo Super von Arctic Paper Mochenwangen GmbH
Druck und Bindearbeiten: CPI – Ebner & Spiegel, Ulm
Printed in Germany
ISBN 978-3-548-28416-3

Teil 1

CLARA

1

Ich sah Damian White zum ersten Mal auf der kleinen Party, die im neuen Heim meiner Freunde Ann-Kathrin und Michael stieg. Die beiden hatten die gesamte Truppe zur Einweihungsfete eingeladen. Entsprechend dem Motto der Einladung gab es weder Blumen noch edle Getränke als Mitbringsel, sondern nur Brot und Salz.

Ann-Kathrin und Michael waren erst vor wenigen Tagen umgezogen. Von einem schicken Apartment mit Dachterrasse im quirligen Stadtteil Schwabing in dieses geräumige Haus mit Dachboden, am eher langweiligen nördlichen Stadtrand von München gelegen. Doppelt so viel Wohnraum für nur 500 Euro Kaltmiete mehr. Ein Schnäppchen, wie die beiden den gesamten Freundeskreis noch vor dem Umzug stolz hatten wissen lassen.

Keiner von uns verstand, warum Ann-Kathrin und Michael ausgerechnet da *hinaus*zogen. Das war doch fast schon auf dem Land, und die beiden planten unseres Wissens weder Heirat noch Nachwuchs in der nächsten Zeit. Sie benötigten nicht wirklich mehr Wohnraum, denn sie waren wie wir alle sehr unternehmungslustig und nur selten zu Hause. Wie auch immer, wir waren in Feierlaune. Der Abend begann dann eher ungewöhnlich, nämlich mit einer Sendung im Fernsehen, die wir uns alle gemeinsam noch vor dem Essen ansehen wollten. Bei zartrosa Champagner einer Edelmarke. Sexy anzusehen, obendrein teuer, sinnlich prickelnd … Der edle Aperitif war dem Anlass allerdings durchaus angemessen. Wir hatten immerhin gleich doppelten Grund zum Feiern. In erster Linie natürlich Ann-Kathrin und Michaels Umzug. Aber dann eben auch den neuesten Dokumentarfilm von Claus, meinem … wie nennt man das gleich noch mal so schön – derzeitigen *Lebensabschnittsgefährten*.

Der Film war in der Timbavati-Region im Norden Südafrikas gedreht worden und Claus erst vor einigen Wochen von dort zurückgekehrt. Braungebrannt und wortkarg. Noch wortkarger als sonst, wohlgemerkt.

Die Weihnachtsfeiertage und Silvester hatte ich wegen seiner berufsbedingten Abwesenheit in Florida verbracht, wo meine Mutter mit ihrem neuen Ehemann seit einigen Jahren lebte. Braungebrannt war ich deshalb auch, aber keineswegs wortkarg. Ich hatte viel zu erzählen, und Claus hörte nur schweigend zu. Allerdings mochte ich Männer, die gute Zuhörer waren, insofern war das schon in Ordnung.

Aber zurück zu dem Film und Südafrika: In jener Timbavati-Region – unweit des Krüger-Nationalparks gelegen – gab es ein privates, umzäuntes und obendrein rund um die Uhr bewachtes Wildreservat. Hier wurden äußerst selten gewordene weiße Löwen gezüchtet, um die Großkatzen später in die freie Wildbahn zu entlassen, wo sie wegen der vielen Trophäenjäger mittlerweile nahezu ausgerottet waren.

Claus und sein Team hatten die Dreherlaubnis problemlos erhalten, darüber hinaus auch freie Kost und Logis auf dem privaten Gelände des Reservats. Ein großzügiges Angebot, wenn auch ein nicht uneigennütziges. Weiße Löwen waren derzeit ein gefragtes Thema, und mit einem Film ließ sich die Werbetrommel rühren. Was dem Reservat wiederum Spendengelder einbrachte und zahlende Gäste anlockte. Nachzucht und Auswilderung der Löwen kosteten immerhin Geld, viel Geld.

Weiße Löwen waren also die Titelhelden des Dokumentarstreifens, für den Claus viele Wochen in Südafrika war und der heute zum ersten Mal ausgestrahlt wurde.

»Pssst!«, zischte Claus und stellte den Ton lauter. »Es geht los, Leute!«

Er hockte mit angezogenen Knien auf dem Fußboden und blickte konzentriert auf den Fernseher an der Wand.

Sofort hörten wir anderen auf zu tuscheln und machten es uns mit den Sektkelchen in Händen auf den schwarzen Ledersitzmöbeln im Wohnzimmer gemütlich.

Claus blickte sich nicht nach mir um, trotzdem beschlich mich auf einmal so ein bestimmtes Gefühl. Es mochte Sehnsucht sein, vielleicht aber auch bloß so etwas Profanes wie Stolz. Weil ich es war – die Frau an seiner Seite! Wenn auch ohne Trauschein. Claus wollte nicht heiraten. Außerdem wollte er, wie er gern mal ungefragt behauptete, keiner Frau allein gehören – höchstens eine Zeitlang, wenn er nach Hause kam, um sich von seinen Abenteuern in der weiten Welt auszuruhen.

Claus war ein Macho, auch wenn er sich dies selbstverständlich niemals eingestanden hätte. Und so war es oft nicht leicht, mit ihm zusammen zu sein. Sicher, er war interessant und sexy. Jedenfalls unterwegs und wenn andere Frauen in der Nähe waren. Zu Hause war er dafür leicht reizbar und ansonsten eher wortkarg. Aber was sollte ich tun? Wir waren schon lange zusammen, und ich war noch immer verliebt in ihn …

Leise stand ich auf und setzte mich zu ihm. Nahe genug, dass sich unsere Schultern sanft berührten.

Aber er schien es gar nicht zu bemerken.

Ich hingegen spürte eine angenehme Wärme ungefähr in der Körpermitte. Sie breitete sich im Nu aus und erreichte auch die Region zwischen meinen Schenkeln. Prompt begann es dort zu pulsieren, zuerst sanft und dann zunehmend fordernder. Ich entspannte mich immer mehr, wurde ganz locker und feucht zwischen den Beinen. Und ich genoss dieses Gefühl.

Als Nächstes spürte ich meine Klit, und damit war es um mich geschehen. Ich bekam Lust auf Sex. Meine Perle richtete sich auf, wurde hart und pochte gierig. Mein Atem ging unwillkürlich rascher.

Ich merkte, wie mein Seidenhöschen feuchter wurde. Ich konnte nichts dagegen tun, meine Muschi scherte sich nicht darum, ob es gerade passte oder nicht.

Unwillkürlich seufzte ich unterdrückt auf. Nicht etwa vor Bedauern, natürlich nicht. Ich fühlte mich durchaus wohl in meiner Haut. Wäre ich eine Katze gewesen, ich hätte sogar laut geschnurrt vor Behagen.

»Was ist denn?!«, erkundigte sich Claus sofort hörbar ungeduldig, ohne mich dabei anzusehen. »Es geht gleich los, Clara, sei doch bitte mal still!«

Ich schmiegte mich enger an ihn und flüsterte ihm ins Ohr: »Ich habe Lust auf dich.«

»Pssssst!« Claus versetzte mir mit der Schulter einen Schubs, der mich in meine Ausgangsposition zurückbeförderte. Seine Sendung fing in dieser Sekunde nämlich wirklich an. Kein Wunder also, dass er angespannt war.

Ich verzieh ihm auf der Stelle seine Ruppigkeit, wie so oft. *Sensible Künstlerseelen sind eben so,* versuchte ich sein Verhalten zu entschuldigen. Wieder einmal.

Doch dann erschien dieser unglaubliche Typ von einem Mann auf dem Bildschirm, und um mich war es geschehen.

Ich saß immer noch dicht neben Claus. Und während ich versuchte, mich auf das Geschehen vor mir zu konzentrieren, verlor ich mich in eine Traumwelt und war plötzlich ganz weit weg: *mitten in Afrika.*

Goldgelbe Steppe ging allmählich in ockerfarbene Savanne über und erstreckte sich weit in die Ferne bis zum Horizont. Glühende Hitze hing über dem Land. Ein Flimmern lag in der Luft, die meine Haut wohlig umschloss. Kleine Schweißperlen bedeckten meinen ganzen Körper, zierten die Oberlippe wie ein zarter Flaum. Salziger Geschmack brannte auf meiner Zungenspitze.

Tief in meinem Herzen tobten eine große Sehnsucht und Freude zugleich. Irgendetwas würde geschehen, etwas Neues, Faszinierendes, Mitreißendes würde in mein Leben kommen! Es lag als pure Verheißung förmlich in der von der Hitze flirrenden Luft. Pure Verheißung von Glück, Lust und Freiheit!

Und dann spürte ich plötzlich zwei kräftige Männerhände auf meinem Körper. Eine schob sich unter meine dünne weiße Bluse und zielstrebig hinein in den Spitzen-BH. Ein Daumen fuhr prüfend über einen Nippel, der doch längst hart war, aber sich prompt noch mehr versteifte. Die Haut darum herum zog sich zusammen. Dieses Ziehen spürte ich bis in meine feuchte Mitte.

Die zweite Männerhand rieb von außen kräftig am Bund meiner Jeans auf und ab, der Stoff schob sich zwischen die Schamlippen, die sich bereitwillig öffneten. Ein Finger fuhr jetzt erregend fest über meine Perle, die weiter anschwoll. Gleich würde es mir kommen …

Ich schloss die Augen und wiegte mich im Rhythmus der afrikanischen Trommeln, die aus dem Fernseher tönten. Ich bewegte mich langsam vor und zurück. Dazu zog ich die Knie an und umschlang sie fest mit beiden Armen. Meine Muschi öffnete sich wie eine reife Blüte, die endlich gepflückt werden wollte. Hinter meinen geschlossenen Lidern lief der innere Film derweil weiter …

Der Mann kniete jetzt vor mir, er holte einen schönen, dicken und harten Schwanz aus seiner Hose. Er brachte sich und ihn in Stellung, indem er seinen Körper zwischen meine Knie drängte.

Ich begann zu zittern und zu beben, und zwar so sehr, dass ich ihm nicht einmal helfen konnte, als er mir die enge Jeans über die Hüften nach unten zerrte. Ich fühlte mich schwach, willenlos und wahnsinnig erregt zugleich. Die Innenseiten meiner Schenkel fühlten sich unglaublich feucht an, als nun ein heißer Steppenwind ungehindert über meine nackte Haut wehte.

Schon spreizte der Mann mich mit einer Hand weit auf, während er seinen Ständer mit der anderen packte und ihn tief in mich versenkte.

Er zuckte in mir vor unterdrückter Gier – und ich explodierte augenblicklich! Heiße Wellen der Lust jagten durch meinen Körper.

Als ich meine Augen wieder öffnete, war ich glücklich. So unsagbar glücklich!

Dieses Mal allerdings unterdrückte ich jegliches Geräusch, kein Seufzer entfuhr mir, und ich blieb vollkommen reglos. Damit Claus mich ja nicht wieder anfuhr oder gar anrempelte. Denn das war mir immer noch und immer wieder peinlich, wenn es vor unseren Freunden passierte.

Rasch nahm ich den Sektkelch, der neben mir auf dem Fußboden stand, und trank den inzwischen abgestandenen Champagner in einem einzigen Zug aus. Das klebrige und lauwarme Getränk verursachte mir einen heftigen Niesanfall. Und wie zur Strafe bekam ich einen unsanften Schubs von Claus in die linke

Seite. Ich versuchte, einem weiteren Niesanfall vorzubeugen, indem ich kurzerhand die Luft anhielt.

»Gut aussehender Typ, dieser Wildhüter!«, hörte ich da plötzlich Myriams Stimme aus dem Hintergrund – und kurz darauf auch schon Gunter, ihren Freund, der natürlich protestierte. »Na, na!« Dann lachte er und schnalzte tadelnd mit der Zunge.

Claus schüttelte sich unwillig – nicht ohne unsanft seine rechte Schulter gegen meine linke zu stoßen.

Autsch, das hatte jetzt aber wirklich wehgetan!

Damit war mein wunderbarer afrikanischer Traum von eben endgültig zerplatzt wie eine Seifenblase. Ich fand mich zurückkatapultiert in die raue Wirklichkeit, die aus lauwarmem Schampus und unsanften Rempeleien bestand.

Die süße Fata Morgana war zu Ende, ich aber erstaunlicherweise immer noch feucht.

»Damian White ist Wissenschaftler, kein einfacher Wildhüter, Myriam!«

Das war Claus. Er war leider viel ungeduldiger und sehr viel tadelnder als Gunter, der uns nur neckend ermahnt hatte. Claus hingegen war nach Myriams Scherz ehrlich entrüstet.

Über seinen harschen Ton erschrocken, zuckte ich zurück, und das bemerkte Claus nun endlich. Rasch legte er versöhnlich einen Arm um mich und zog mich wieder näher zu sich heran. Aber auf einmal wollte ich ihn gar nicht mehr in meiner Nähe spüren. Seine raue Art stieß mich plötzlich ab. Und mit einem Mal irritierte mich auch der Geruch seines neuen Rasierwassers.

Als ich Myriams vergnügtes Kichern hörte, wollte ich den Kopf wenden und ihr verschwörerisch zuzwinkern, aber ich konnte meinen Hals nicht drehen. Meine gesamte Nackenpartie schien sich versteift zu haben, jedenfalls rührte sich nicht der kleinste Muskel.

Ich starrte immer noch wie gebannt auf den Bildschirm, wo sich soeben Damian White in einem offenen Landrover elegant hinter das Steuer schwang, das sich auf der rechten Seite des Geländewagens befand. Eine Tatsache, die mich einen kurzen Moment lang irritierte. Bis mir wieder einfiel, wo *wir* uns hier befanden. In Südafrika nämlich. Hier gab es nicht nur weiße Löwen, hier gab es auch Linksverkehr. Und dementsprechend Autos mit dem Steuer rechts.

Wie in England, Clara, das weißt du doch alles, gehört zur Allgemeinbildung … Damian White ist doch auch Engländer und es als solcher gewöhnt, seinen ansehnlichen Knackarsch von rechts hinters Steuer zu klemmen, verstehst du? Außerdem lebt er seit Jahren in diesem Reservat in Südafrika. Er hat sogar seine Doktorarbeit über die Nachzucht von weißen Löwen da im afrikanischen Busch geschrieben. Und jetzt konzentriere dich und richte deine Aufmerksamkeit wieder auf den Inhalt des Films, anstatt dich hier mitten unter deinen Freunden selbst zu befriedigen!

»Trotzdem ein richtig guter Typ, ein echtes Alphatier!«

Auch die Gedanken meiner Freundinnen drehten sich offenbar um Damian White …

Die letzte Bemerkung war von Sole, unserer *Spanie-*

rin, gekommen. Sie war in Barcelona geboren und arbeitete als Sprachlehrerin in München. Sole hatte mit Axel jedoch einen mindestens ebenso stolzen Mann wie ich abbekommen – der sich diesen Spruch nicht bieten lassen konnte. Er hüstelte deutlich gereizt in ihrem Rücken.

Schon oft hatte ich mich gefragt, wie dieses temperamentvolle Paar es im Alltag miteinander aushielt. Der Sex war sicherlich phantastisch, manchmal machte Sole mit glänzenden Augen so kleine anzügliche Bemerkungen … Aber der Rest?

Auch jetzt schien Axel nach Soles Bemerkung gereizt und geradezu aggressiv. Er fühlte sich offenbar bedroht. Was mich nicht weiter verwunderte, gehörte Axel doch zu der Sorte Mann, die keinen anderen Gockel neben sich auf dem Misthaufen duldete.

Und teilt damit leider noch eine weitere Eigenschaft mit Claus.

Trotzdem war es noch nie zu nennenswerten Zusammenstößen zwischen ihm und Axel gekommen. Was sicher auch an uns Frauen lag: Während ich Axel nicht besonders attraktiv und nur leidlich sympathisch fand, hielt Sole wiederum Claus für einen arroganten Snob.

Beruflich kamen sich die beiden »Alphas« gegenseitig auch nicht ins Gehege, fanden die Tätigkeit des anderen aber durchaus interessant. Axel war Fahrlehrer und besaß eine Fahrschule. Er liebte vor allem schwere Motorräder, und diese Vorliebe teilte Claus mit ihm. Während Axel sich umgekehrt – rein hobbymäßig, aber immerhin – für die Filmerei begeistern konnte. Aus dieser soliden Basis heraus war gegenseitiger Respekt erwachsen. Ein starker Kitt, viel stärker als reine Freundschaft.

Damian White hingegen – der attraktive Naturbursche auf dem Bildschirm – war ein Fremder, ein Eindringling, und mithin eine Bedrohung für die zwei Leithammel.

Selbst über den Bildschirm kam Damians umwerfende Ausstrahlung noch rüber. Und sie weckte in mir die Lust nach Abenteuer und Freiheit.

Damian war real, er lebte, er atmete, er war aus Fleisch und Blut. Claus hatte ihn getroffen, ihn interviewt und gefilmt. Durch Claus als unseren Mittelsmann gab es Damian White tatsächlich – und sogar hier in unserer Mitte. Nicht nur irgendwo dort draußen im fernen Südafrika.

»Aufgeblasener englischer Lackaffe!«, sagte Axel jetzt laut und deutlich aggressiv.

Auf dem Bildschirm lief gerade der Abspann des Dokumentarfilms und zeigte noch einmal groß den Titel, den Claus seinem Streifen gegeben hatte: »Die Magie der weißen Löwen«. In Großbuchstaben erschien auch Claus' voller Name, unterlegt vom dumpfen Klang afrikanischer Trommeln.

Dann war es vorbei.

Dummerweise konnte ich meinen Nacken aber immer noch nicht bewegen. Irgendwie fühlte sich mittlerweile sogar mein ganzer Körper steif an.

Claus räusperte sich, ehe er zu sprechen begann.

»Er ist ein durchaus fähiger Kopf, der Respekt verdient, Axel! Und er macht einen tollen Job im Reservat.«

Endlich kam wieder Bewegung in mich. Ich rückte noch ein wenig weiter von Claus ab und starrte ihn einen Moment verwundert von der Seite her an. Dabei registrierte ich, dass mein Herz immer noch heftig klopfte und die Halsschlagader aufdringlich pulsierte.

Rasch legte ich meine Hand auf die Stelle, als hätte ich Halsschmerzen. Ich wollte sichergehen, dass Claus das Pulsieren nicht bemerkte. Denn Claus kannte mich so gut wie kein anderer Mann und wusste um die Zeichen meines Körpers: Immer, wenn ich stark sexuell erregt war, pochte es an meinem Hals wie wild. Es war unmöglich zu verbergen. Und jetzt und ausgerechnet heute war es wieder da … Allmählich wurde es mir unangenehm. Es war zu heftig, und es dauerte zu lange, dieses Pulsieren.

Was war nur los mit mir?

Ich konzentrierte mich auf Claus und versuchte mich zu erinnern, wie wir uns kennengelernt hatten. Vor fast fünf Jahren. Wie attraktiv, männlich und erotisch ich ihn damals gefunden hatte.

Seine dunklen Augen – und besonders diese schweren Lider! Sie verliehen seinem Äußeren etwas geradezu Animalisches. Das schwarze, volle Haar war dicht und glatt. Die sinnlichen Lippen umspielte häufig ein seltsam spöttisches Lächeln. Manchmal trugen sie auch einen leicht grausamen Zug, aber das verstärkte den maskulinen Gesamteindruck nur.

Ich hatte das alles einmal so ungemein anziehend und faszinierend gefunden.

Als diese Lippen mich schließlich zum ersten Mal geküsst hatten, hart und voller Verlangen, und sich dabei so heiß und trocken anfühlten, hatte mich sofort eine unbändige Lust überfallen. Und die Bereitschaft, mit diesem Mann zu schlafen. Ja, schon unser erster Kuss hatte mich völlig verrückt gemacht. Und in der folgenden Zeit war ich ihm immer mehr verfallen. Wenn ich nur seine tiefe volle Stimme am Telefon hörte, war es mir direkt zwischen die Schenkel gefahren. Lange gab es nichts, was ich dagegen tun konnte, selbst wenn ich es gewollt hätte.

Irgendetwas musste in letzter Zeit mit mir passiert sein. Denn mein Geschmack in puncto Männer hatte sich offenbar plötzlich völlig verändert.

Mit seinen dunklen Augen, den kantigen Gesichtszügen und dem schwarzen Haar sah Claus aus wie ein Südeuropäer.

Damian hingegen hatte nackenlange Locken, und sein jungenhaftes Grinsen brachte zwei sexy Grübchen zum Vorschein. Seine Augen waren von einem sagenhaften Blau, in dem man sich ohne Weiteres verlieren konnte wie in der Weite des Sommerhimmels über dem Meer. Auf seinen sehnigen Unterarmen erkannte man unzählige Sommersprossen und rötlichblond schimmernde Härchen.

Nur beim bloßen Gedanken an seinen Körper begann meine Klit zu pulsieren, und ich konnte meine Erregung erneut kaum verbergen. Das alles passierte einfach so, ausgerechnet heute. Wie früher, als ich Claus nur anzusehen oder seine Stimme zu hören brauchte, um mich nach seiner Umarmung zu verzehren, nach der Reibung der harten Beule in seiner Hose an meinem Schamhügel, ehe wir uns gegenseitig die Kleider vom Leib rissen.

Aber heute war es nicht der Gedanke an Claus, der mich so geil machte!

Als Nächstes hörte ich mich laut und vernehmlich in die Runde sagen – die Worte sprudelten einfach so aus mir heraus: »Warum fliegen wir nicht alle zusammen nach Südafrika? Claus' Doku war so inspirierend und mitreißend. Stellt es euch doch mal vor, Leute: ein paar Tage raus hier aus der lausigen Kälte! In Südafrika ist jetzt Sommer. Also, was haltet ihr davon?«

Schützenhilfe bekam ich an dieser Stelle ausgerechnet von Axel.

»Klasse Idee, Clara! Wie wär's denn gleich in der Faschingswoche? Bis einschließlich Aschermittwoch mach ich die Fahrschule sowieso wieder zu.«

Myriam meldete sich als Nächste zu Wort. Sie war Stewardess und eigentlich zum Dienst eingeteilt, aber zuversichtlich, mit einer Kollegin tauschen zu können, die sich aus Karneval nichts machte und deshalb einspringen konnte.

Myriams Partner Gunter arbeitete ebenfalls am Flughafen, allerdings beim Bodenpersonal, und konnte verreisen, wann er wollte – oder wann immer Myriam einmal für eine längere Zeit nicht beruflich fliegen musste.

Ann-Kathrin, unsere Gastgeberin, klatschte an dieser Stelle in die Hände und unterbrach die lebhafte Diskussionsrunde.

»He, Leute! Lasst uns das doch gleich beim Essen in aller Ruhe besprechen. Ich habe das Büfett drüben im Esszimmer aufgebaut. Kommt bitte mit nach nebenan!«

Claus und ich waren die Letzten, die unter dem halbrunden Türbogen hinüber in den offenen Essbereich wechselten, an den sich die Küche im Landhausstil anschloss. Bevor wir zu den anderen stießen, hielt Claus mich zurück und sah mir forschend in die Augen: »Du weißt aber schon, Clara, dass ich bei diesem Abenteuer nicht dabei sein werde, oder?«

Da fiel es mir schlagartig wieder ein: Claus flog bald für einige Wochen nach Bolivien zu einem neuen Drehtermin. Er konnte diese Reise auf gar keinen Fall verschieben, da die Flüge für das gesamte Team längst gebucht waren.

Ich nickte stumm.

2

Das lustvolle Kribbeln zwischen meinen Beinen wurde immer stärker, meine Schenkel begannen zu zittern – und mir wurde ganz heiß. Ich begann zu keuchen, zu seufzen, schließlich schrie ich laut auf.

Eine harte Zungenspitze leckte über Schamlippen und Klit, bevor sie sich leidenschaftlich der Spalte widmete. Sie näherte sich meiner Spalte. Unaufhaltsam drang die Zunge immer weiter vor, schob sich tiefer und tiefer hinein in meine heiße Muschi.

Ich spürte deutlich, wie die Muskeln dort drinnen den Eindringling passieren ließen und dabei ganz weich und locker wurden. Und zur gleichen Zeit rasten pulsierende Lustgefühle durch mein Becken, das sich immer schneller auf und ab bewegte.

Allmählich verlor ich die Kontrolle über meinen Körper und begann mich in einer Welle aus purer Lust aufzulösen.

Dabei war ich nicht einmal wirklich wach, sondern pendelte irgendwo zwischen letzten Traumfetzen, neuerlichem Sinken in den Tiefschlaf und Auftauchen in die Realität hin und her.

Eben war ich doch noch in einer exotisch anmutenden Rundhütte gewesen, einer ockerfarbenen Behausung mit dünnen Wänden aus Lehm und einem Strohdach …

Dort drinnen gab es nur diese eine breite Pritsche, die mit leichtem Leinen bedeckt war. Es war zwar heiß in der Hütte, aber nicht stickig, und ich genoss den Schutz, den sie mir bot.

Doch das Beste war: Bei mir auf der Pritsche, zwischen meinen geöffneten Schenkeln, lag ein muskulöser Männerkörper: kräftige Schultern, sehnige Unterarme, braungebrannte schimmernde Haut, goldfarbene Härchen und neckische Sommersprossen.

Ich fand alles an diesem Mann höchst appetitlich. Selbst seine rötlichblonden halblangen Locken – die jetzt schweißverklebt seine markanten Gesichtszüge umrahmten – machten mich höllisch an. Und dann erst sein Geruch! Er roch eindeutig nach Mann. Und zwar nach einem, der mindestens ebenso erregt war wie ich.

Er sah mich gerade mit seinen blauen Augen fragend an, als er für kurze Zeit zwischen meinen weit geöffneten Schenkeln auftauchte. Und ja, um mir zunächst nur stumm diese Frage zu stellen, die im Grunde genommen überflüssig war. Hatte ich nicht eben noch wie eine Irre laut und durchdringend geschrien? Hörbar aus schierer Lust …?

Jetzt raunte er auch noch heiser – und Himmel! –, sogar seine Stimme klang verdammt, ja fast schon schmerzhaft sexy: »Gefällt dir das?«

Wie genau wollte es der Süße denn noch wissen?

»Ja, o ja, was glaubst du denn?«, stöhnte ich und warf zum Beweis meinen Kopf auf dem Kissen hin und her.

Ich krallte mich mit beiden Händen in seinem Lockenschopf fest und drückte ihn wieder nach unten. Dahin, wo ich ihn haben wollte. Er sollte nicht aufhören, er sollte weitermachen, ich wollte seine Zunge erneut spüren. Schließlich hatte er das Spiel begonnen und mich damit sogar aus dem Schlaf gerissen. Ausgerechnet jetzt zu kneifen konnte ja wohl nicht angehen.

Und er machte sich gehorsam wieder ans Werk. Dieses Mal stieß er mit seiner Zunge tief in mich hinein. Ich spürte, wie dabei ein plötzlicher heftiger Schauer durch seinen Körper fuhr. Er schien das Spiel genauso zu genießen wie ich, was wiederum meinen Genuss steigerte. Ich liebte es, die Erregung meines Partners zu spüren. In jeder Hinsicht.

Wieder fuhr ein Beben durch seinen Körper, und er unterdrückte ein Stöhnen. Ich drängte mich ihm entgegen, aber da zog er sich für einen kurzen Moment aus mir zurück.

Seine Zunge suchte und fand die lüstern aufgerichtete Perle zwischen den angeschwollenen Schamlippen und widmete sich ihr voller Hingabe. Und ich konnte gar nicht genug davon bekommen.

»Ich will, dass du auf meiner Zunge kommst!«

Dieser eindeutige Befehl erreichte meine vor Hitze glühenden Ohren.

Überhaupt schien mein gesamter Körper sich momentan in eine einzige riesige Oase der Lust verwandelt zu haben. Überall spürte ich starke Vibrationen, die mich erbeben ließen.

Ich schrie laut auf, als ich explosionsartig den

Höhepunkt erreichte. Und dann war ich endgültig wach!

Als Nächstes stellte ich ziemlich rasch fest, dass dieser vermeintliche Traum nicht nur in meinem Kopf stattgefunden hatte.

Zwischen meinen Beinen und in meinem Becken gab es immer noch kleinere Nachbeben, meine Schenkel zitterten. Außerdem fühlten sich die zerwühlten Bettlaken unter meinem Po verräterisch feucht an.

Als ich schließlich die Augen öffnete und nach unten schaute, sah ich, wie Claus' dunkler Schopf zwischen meinen Schenkeln auftauchte.

Die schweren Lider waren halb geschlossen. Die Lippen und große Teile der Wangen und selbst die Nase glänzten vor Feuchtigkeit, als er mich angrinste.

»Claus!«, rief ich erstaunt. »Was machst du denn da?«

»Wonach sieht es denn aus? Und wonach fühlt es sich an?«

Er lachte rau und spöttisch auf, ehe er sich neben mir in die Kissen fallen ließ. Dazu atmete er schwer, wohl zum Zeichen, dass er sich soeben tatsächlich redlich verausgabt hatte. Zu meinem Vergnügen.

Ich spähte nach unten, wo sich zwischen seinen kräftigen Schenkeln zwar alles das befand, was dort auch hingehörte, aber einen eher unaufgeregten Eindruck machte. So, als ginge das, was eben noch zwischen uns geschehen war, ihn im Grunde gar nichts an.

Nanu, dachte ich unwillkürlich – Claus ist doch sonst nicht so selbstgenügsam und uneigennützig!

»Geht's dir gut?«, erkundigte ich mich vorsichtig und sah ihn an.

Claus gab keine Antwort. Er schien kurz vor dem Einschlafen zu sein, da sich seine Brust bereits ruhig und regelmäßig hob und senkte.

In letzter Zeit schlief Claus oft so ein, das war mir schon mehrfach aufgefallen. Seit er aus Südafrika zurück war, ging das jetzt so. Er legte einen Unterarm quer über die Augen, so als wolle er dadurch die Welt ringsherum – und mich dazu – ausschließen. Auch aus seinen Träumen. Und als wolle er sich abschirmen, sich in sich selbst zurückziehen.

Plötzlich tat er mir leid. Und ich beschloss, mich auf der Stelle bei Claus zu revanchieren. Ich tauchte zwischen seine Schenkel, nahm seinen erschlafften Penis in die Hand und massierte ihn kräftig, bis er sich zu regen begann und in meiner Hand zusehends größer und härter wurde. Sanft schob ich die Vorhaut zurück und leckte mit der Zunge über die Eichel.

Claus stieß einen leisen Seufzer aus, der lustvoll klang, also machte ich weiter und nahm den jetzt harten Schaft tief in den Mund. Mit der Zunge fuhr ich langsam auf und ab und schließlich bis ganz hinunter an die Wurzel. Claus stöhnte lauter, packte meinen Kopf und bewegte ihn erst langsam, dann immer schneller und fordernder über seinen Schwanz. Sein schönes Glied zu lecken machte auch mich geil. Und während ich es mir selbst besorgte, wurden Claus Bewegungen immer heftiger. Dann kam er mit einem lauten Schrei und spritzte in meinem Mund ab, tief in meine Kehle hinunter. Und ich schluckte seinen Nektar zum Zeichen meiner Hingabe und Dankbarkeit.

Hinterher legte ich mich neben ihn und wollte mich gerade an ihn kuscheln, da hörte ich ein leises Schnarchen. Ich hielt den Atem an und lauschte gebannt.

Konnte es tatsächlich wahr sein? Er schlief jetzt einfach so ein?

Nun ja, es gab Schlimmeres, tröstete ich mich. Manche Männer schliefen nun mal gern gleich nach dem Sex ein. Und immerhin hatte mich Claus heute nach langer Zeit wieder einmal mit dem Mund befriedigt. Das war in der Tat ein positives Zeichen für unsere Beziehung, wie ich fand. Ich würde deshalb später das heutige Datum – trotz des Schnarchens – rot im Kalender ankreuzen. In letzter Zeit war ich nämlich dazu übergegangen, solche kleinen positiven Zeichen in unserer Beziehung zu sammeln. So wie manche Frauen Waldbeeren für einen leckeren Obstkuchen sammelten, so sammelte ich *Glücksmomente*. Kleine Glücksmomente mit Claus. Und diese wiederum gaben mir einen Grund, um an der Beziehung weiterhin festzuhalten. Fremdgehen in Gedanken und Träumen konnte mir jedoch niemand verbieten. Selbst Claus nicht. Außerdem wusste er nichts davon. Zum Glück. Ich war ja nicht blöd …

3

»Er ist hinterher tatsächlich einfach eingeschlafen? Und nach dem Aufwachen wortlos unter die Dusche und dann ebenso wortlos ab nach Hause? Mitten am Sonntag? Das ist ja …«

»Phase zwei, plötzlicher unerwarteter Liebesentzug!«, erklärte ich lakonisch. »Ja, Myriam, ganz genauso war es. Dabei dachte ich wirklich, wir hätten solche Kindereien langsam überwunden. Vielleicht war es auch bloß ein kleiner Rückfall. Bei Claus weiß ich eigentlich nie so genau, woran ich gerade bin.«

Myriam und ich sprachen oft über die kleinen und größeren Dramen in unseren Beziehungen. Wir erzählten uns dabei selbst intimste sexuelle Details.

»Und seitdem hat er sich nicht mehr bei dir gemeldet?«, hakte Myriam nach.

»Erraten.« Ich seufzte leise.

»Aber das ist doch einfach nicht normal, wenn du mich fragst, Süße! Ich habe Claus ja von Anfang an für einen Kontrollfreak gehalten, aber das hier geht eindeutig zu weit. Das ist doch krank, ich bitte dich! Er weiß nicht, wie er dich anders in den Griff kriegen soll. Also spult er solche faulen Tricks ab. Er will dich damit weichkochen. Komm schon, Clara, wer hat denn von uns beiden Psychologie studiert, du oder ich?«

»Ich habe das Studium nie ganz abgeschlossen!«, protestierte ich halbherzig. »Mir fehlt immer noch die Diplomarbeit. Deshalb verdiene ich ja auch meine Brötchen als Visagistin.«

»Na, und wenn schon. Ich weiß genau, dass du weißt, und außerdem …«

»Aber in letzter Zeit denke ich tatsächlich wieder verstärkt über Themen für die Diplomarbeit nach!«, beteuerte ich. Zum einen, weil das stimmte – andererseits wollte ich unser Gespräch aber in eine andere Richtung lenken und nicht mehr über Claus sprechen.

»Clara, du solltest ihm so ein Benehmen nicht einfach durchgehen lassen. Ich …«

»Halt mal einen Moment die Luft an, wenn es geht! Sonst verwischt der Lidstrich!«

Augenblicklich verstummte Myriam. Sie konnte nämlich nicht reden, ohne dabei gleichzeitig irgendwelche Bewegungen zu vollführen. Sei es mit den Händen, den Gesichtsmuskeln oder dem ganzen Körper. Meistens alles zur gleichen Zeit.

Es war der Donnerstag nach der Einweihungsparty. Myriam und Gunter wollten heute am späteren Abend noch auf einen Faschingsball im Bayerischen Hof.

Abendgarderobe oder Masken erwünscht, stand auf der Eintrittskarte.

Sie wollte toll aussehen zu diesem Anlass, deshalb gehorchte Myriam mir auch so prompt. Aber wie ich sie kannte, würde sie gleich wieder loslegen.

»So, der Lidstrich sitzt perfekt. Jetzt darfst du

auch den Mund wieder aufmachen.« Ich lachte und schnappte mir die Puderquaste.

»Claus war höllisch eifersüchtig am Samstagabend bei Ann-Kathrin und Michael«, nahm Myriam tatsächlich den Faden wieder auf.

»Aber wieso denn?« Ich stellte mich absichtlich ein wenig dumm, obwohl ich durchaus wusste, wie richtig Myriam mit ihrer Einschätzung lag.

»Na ja, hör mal! Sogar mir ist nicht entgangen, wie sehr dir diese Sahneschnitte von einem Wildhüter in dem Film gefallen hat. Und dann kurz darauf dein überraschender Vorschlag mit der Reise nach Südafrika. Wenn Claus eins sicher nicht ist, dann ist es blind oder gar blöd. Hinzu kommt sein übergroßes Ego, an dem du mit deiner kleinen Schwärmerei ziemlich gekratzt hast an dem Abend.«

»Ah, ja?«

Ich stäubte gerade bräunlichen mattierenden Puder über Myriams Gesicht, um das Make-up zu fixieren. Es musste eine lange und schweißtreibende Nacht im Ballsaal überstehen.

»Ja, klar!« Myriam war nicht zu bremsen. »Deshalb hat er dich später mittels der Methode *Zuckerbrot und Peitsche* abgestraft.«

»Mich zuerst bis zum Orgasmus lecken ist gleich Zuckerbrot. Und dann später ohne ein Wort verschwinden und tagelang abtauchen ohne jede Nachricht ist gleich Peitsche, ist gleich Phase zwei, ist gleich Liebesentzug. Wie ich eben selbst noch sagte, oder nicht?«

»So sieht es tatsächlich aus.«

Myriam lachte trocken, und in diesem Moment

piepste auch ihr Handy dreimal. Wie zur endgültigen Bestätigung unserer gemeinsamen These.

»Nur eine SMS, die kannst du später auch noch lesen.«

»Lass mich kurz nachsehen, Clara. Die Nachricht könnte von Gunter sein.«

Myriam sprang auf und checkte ihr Handy.

»Wer sagt's denn! Er hat soeben per E-Mail die Bestätigung für unsere Flüge nächste Woche nach Johannesburg bekommen. Südafrika, mach dich bereit, wir kommen!«

Es lag wie immer in Gunters und Myriams bewährten Händen – *die beiden waren immerhin unser Flieger-Team* –, sich um günstige Tickets zu kümmern. Und wie schon so oft zuvor hatte es auch dieses Mal wieder auf Anhieb geklappt.

Ich war begeistert, und mein Herz begann vor Aufregung schneller zu schlagen.

»Super! Das heißt also wirklich raus aus der Kälte und rein ins Vergnügen!«

Ich packte Myriam und schubste sie übermütig zurück in den Sessel vor dem Wandspiegel. Und wir zwinkerten uns vergnügt im Spiegel zu.

»Das muss gefeiert werden. Ich habe noch eine Flasche Sekt im Kühlschrank. Die köpfen wir, sobald ich mit dir fertig bin. Die Lippen schminke ich dann erst zum Schluss, damit nichts verwischt, okay?«

»He, pass doch auf, Süße! Du stäubst mir ja vor lauter Begeisterung Puder übers Kleid!«

»Kein Problem. Zum krönenden Abschluss bearbeite ich dich noch mit der Kleiderbürste.«

Myriam hatte sich für den heutigen Anlass extra ein richtig tolles, ja geradezu sündiges Abendkleid gekauft. Sie trug es bereits, als sie vorhin in meiner Wohnung aufgekreuzt war. Jetzt lag es in meinen Händen, sie endgültig in eine Königin der Nacht zu verwandeln.

Das Kleid war wirklich atemberaubend. Schwarz, vorn hochgeschlossen und hauteng bis zu den Knöcheln. An den Seiten wurden Vorder- und Rückenteil lediglich durch schmale Stoffstreifen zusammengehalten, und eins wurde jedem Betrachter bei dem Anblick sofort klar: Die Dame in diesem Kleid trug nicht den kleinsten Fetzen Unterwäsche darunter.

Meine Freundin, die Stewardess, sah zum *Abheben* scharf aus in dem Teil. Und ich sagte ihr das natürlich auch.

»Jetzt liegt es an dir, Clara, als i-Tüpfelchen ein ebenso raffiniertes wie rattenscharfes Make-up zu zaubern!«

»Ich bin ja dabei. Aber nicht, dass Gunter noch Grund zur Eifersucht kriegt heute Nacht.«

»Ich hätte nichts dagegen.«

Für mich war es tatsächlich ein pures Vergnügen, Myriam zu schminken. Sie war ungeheuer wandlungsfähig. Vom zarten Schneewittchen bis zur feurigen Carmen – das alles hatte ich schon zu anderen Anlässen aus ihrem dunklen Typ hervorgelockt. Wenn ich Myriam ein Make-up verpasste, dann fühlte ich mich immer wie eine richtige Künstlerin.

Ich arbeitete sowieso sehr gern als Visagistin. Ich liebte es, zu gestalten und zu verschönern, dem jeweiligen Typ angemessen. Ich fand meinen Job, den ich freiberuflich ausübte, regelrecht erotisch. Vor allem dann, wenn es mir gelang, eine Spur von subtiler Sinnlichkeit auf die Gesichter meiner Kundinnen zu zaubern.

Die eigentliche Kunst lag dabei im Akzentuieren, im gekonnten Hervorheben der jeweiligen natürlichen Schokoladenseiten, die jeder Mensch besitzt.

Malen oder gar *Übermalen* gab es bei mir nicht, lediglich Kaschieren, wo nötig. Mit Farben ging ich vorsichtig um beim Schminken. Ein Gesicht war etwas Lebendiges, keine Leinwand.

Wenn die Kunden schließlich vom Ergebnis meiner Bemühungen begeistert waren, dann blühte ich richtig auf.

Der Verdienst war mittlerweile auch okay. Durch Mundpropaganda war ich mit der Zeit bekannter geworden, und ich besaß jetzt endlich eine ordentliche Anzahl von Stammkunden.

In dem Beruf lernte man auch gut Menschen kennen. Myriam etwa, die inzwischen meine beste Freundin war. Wir hatten uns auf einem meiner Styling-Seminare kennengelernt, die ich regelmäßig abhielt. Dieses Mal hatte mich Myriams Fluggesellschaft gebucht und in ein Frankfurter Hotel geladen, um ihre Stewardessen in Styling-Fragen fortzubilden.

Myriam hatte sich als freiwilliges Modell angeboten, das ich für den praktischen Teil zum Schminken und Stylen brauchte.

Den Abend zwischen den beiden Seminartagen verbrachten sie und ich gemeinsam gut gelaunt und plaudernd an der Hotelbar. Von da an waren wir befreundet.

Claus sollte ich nicht lange danach ebenfalls über meinen Beruf kennenlernen. Er war als Gast in einer Talkshow eingeladen. Ich wiederum wurde vom Sender angeheuert, um für eine erkrankte feste Mitarbeiterin kurzfristig einzuspringen. Ich durfte die Talkshow-Gäste hinten in der Maske auf kameratauglich trimmen. Einer davon war der Dokumentarfilmer Claus Carlson.

Es gibt kaum etwas Intimeres, als einem anderen Menschen im Gesicht herumzufummeln. Männer reagieren dabei durchweg empfindlicher als Frauen, die es immerhin gut kennen, das Gefühl beim Schminken. Tatsächlich kennt man als Visagistin innerhalb von sehr wenigen Minuten sämtliche Schwachstellen des Kunden. Keine Sorgenfalte bleibt dem professionellen Auge verborgen, kein geplatztes Äderchen, kein lästiges Härchen.

Claus wurde allerdings von keinem dieser kleinen Übel geplagt. Er hatte eine schöne Haut mit einem makellosen olivefarbenen Teint. Auch seine Nase war wohlgeformt wie die einer römischen Statue. Für die Kamera musste sie trotzdem – wie alle Nasen – vor dem Auftritt sorgfältig gepudert werden.

Hätte ich Claus damals direkt an den Schwanz gefasst, ich glaube, er wäre nicht so heftig zurückgeschreckt wie beim Anblick der Puderdose.

Wir mussten beide lachen, damals in der Maske des TV-Senders. Natürlich war ihm sein schreckhaftes Wesen in der nächsten Sekunde bereits peinlich, und er entschuldigte sich charmant. Wir kamen darüber ins Gespräch. Irgendwann schloss er die Augenlider und ließ mich gewähren. Und so puderte ich ihm so zart wie möglich Nase, Wangen und die Stirnpartie, bis wirklich nichts mehr glänzte. Zu guter Letzt verabreichte ich Claus Carlson auch noch eine kleine Kopfmassage, die normalerweise nicht zu meinem üblichen Angebot gehörte.

Claus gefiel es, er schnurrte regelrecht vor Vergnügen. Und dann bekam er eine kräftige Erektion.

Uns war beiden klar, dass ich es bemerkt hatte, es ging gar nicht anders. Ich stand ja während der Kopfmassage hinter dem Stuhl, auf dem Claus vor dem Spiegel saß – und erkannte daher sofort die ansehnliche Beule, die zwischen seinen Oberschenkeln in seiner Hose keck aufragte.

»Da können Sie mal sehen, Clara, was Sie mit mir anstellen!«, flüsterte Claus und lachte heiser, ehe er sich dezent räusperte.

Dieses Flüstern, das Lachen, sein Blick, halb verlegen, halb frech, und die Beule in seiner Hose machten mich augenblicklich heiß. Ich fand in dem Augenblick, dass dieser Claus Carlson ein durchaus aufregender Mann war. Charmant obendrein. Vor allem gefiel es mir, wie souverän er in dieser doch für ihn recht heiklen Situation reagierte. Andere Männer hätten verlegen geschwiegen oder, noch schlimmer, eine unpassende flapsige Bemerkung fallen lassen, die alles nur noch peinlicher gemacht hätte. Nicht so Claus Carlson. Er sah mir ruhig in die Augen und lächelte verhalten.

Ich ging neben dem Schminksessel auf die Knie und legte eine Hand auf seinen Schritt. Er blickte mir weiter in die Augen, lächelte nicht mehr, aber sein Blick vertiefte sich, und die Pupillen wurden größer.

Zunächst streichelte ich sanft seinen Schoß, dann machte Claus die Beine breiter. Deutlich zeichnete sich sein großer, harter Schwanz unter dem Stoff der Hose ab. Mit zwei Fingern prüfte ich dessen Konturen, die Härte, die Länge. Drückte und massierte sanft ein wenig daran herum – und Claus legte den Kopf in den Nacken und stöhnte leise. Da öffnete ich den Hosenschlitz und griff hinein. Er fühlte sich gut an, dieser Schwanz. Groß und fest, aber auch zart. Außerdem pochte er so schön erregend und verheißungsvoll in meiner Hand.

Claus schloss die Augen und stöhnte erneut. Ich massierte und knetete ihn kurz, dann kam es Claus auch schon. Als er kurz darauf aufstehen musste, prangte vorn auf der Hose ein feuchter Fleck. Wir mussten beide lachen. Rasch holte ich ein Handtuch und rieb den Fleck so weit trocken wie nur irgend möglich. Wenn man *es* nicht wusste und nicht genau auf die fragliche Stelle starrte, dann fiel sie zum Glück nicht weiter auf.

Nach der Sendung lud Claus mich dann zum Essen ein. Und ich sagte ja. Zum Essen. Und zum Sex hinterher ebenfalls.

Nicht dass er da noch lange gefragt hätte. Musste er auch nicht. Wir waren uns auch ohne große Worte längst einig über den Ausgang jenes Abends.

So hat es mit uns beiden begonnen.

»Denkst du, Claus fängt jetzt wieder mit diesen Mätzchen an, von wegen ON-OFF-Beziehung?«

Myriam kam anscheinend nicht vom heutigen Themenschwerpunkt los. Trotz Südafrika, Faschingsball und wartender Sektflasche im Kühlschrank.

»Lieber Himmel, mal mir ja nicht den Teufel an die Wand!«

Ich griff nach einem dicken Pinsel, um noch etwas zarten Goldpuder großzügig auf die Wangenknochen zu stäuben. Das setzte schimmernde Akzente und machte sich vor allem im künstlich-warmen Licht eines Ballsaals besonders gut. Der kleine Trick verwandelte Myriam endgültig in einen atemberaubenden Vamp.

Sie würde später auf dem Ball zur Krönung des Stylings netzartige schwarze Handschuhe tragen, die bis zu den Ellbogen reichten. Dazu eine lange Zigarettenspitze mit Mundstück. Wie in den Goldenen Zwanzigern. Die schulterlangen dunklen Haare trug sie heute als Pagenkopf. Ich hatte ihr schwarz umrandete, mandelförmige Augen geschminkt. Das Ganze wirkte sehr sexy. Eine Kleopatra der Neuzeit.

»Also, ich würde ihn verlassen, wenn ich du wäre, Clara. Ich hätte ihn spätestens nach der Sache mit dem Verlobungsring damals verlassen, ehrlich!«

Ich seufzte leise, denn diese Erinnerung stellte tatsächlich einen Punkt dar, der so gar nicht auf eine meiner Glückslisten passen wollte. Ich versuchte es deshalb mit einem abrupten Themenwechsel. »Das war's, schöne Frau. Und jetzt erheb dich bitte. Hier kommt die Kleiderbürste!«

Ich befreite Myriams Kleid von Puderresten und Haaren.

Myriam drehte sich anschließend vor dem Wandspiegel einmal um die eigene Achse. Ihre Augen glitzerten.

»Wow, jetzt kann die Nacht kommen. Willst du uns wirklich nicht begleiten, Clara? Das wäre doch ein echter Spaß …«

Ehe ich etwas erwidern konnte, summte es kurz ganz in unserer Nähe. Dieses Mal war es mein Handy.

»Wenn man vom Teufel spricht. Ich wette, das ist Claus! Lies mal deine SMS, ich hole inzwischen den Sekt aus dem Kühlschrank«, sagte meine beste Freundin.

Ich las schnell die SMS:

Damian White ist überraschend in München. Er muss morgen bereits weiter nach London. Bin heute Abend mit ihm verabredet. In der Taverne Nicolas. Willst Du uns begleiten? Claus

Wie aus weiter Ferne hörte ich ein lautes Ploppen. Dann sah ich Myriam aus einer Nebelwand heraus auf mich zukommen, sie reichte mir eine gefüllte Sektflöte. Ich setzte an und trank das Glas in einem Zug leer.

»Nun sag schon, was wollte er?«, fragte Myriam. Sie hatte unterdessen an ihrem Glas lediglich genippt.

»Essen gehen. Heute Abend. Zum Griechen.«

»Schreib zurück, du hättest schon was vor! Das ist doch kein Benehmen, so kurzfristig anzuklopfen. Was denkt er sich denn dabei? Hat er sich wenigstens für sein Verhalten entschuldigt? Oder eine Erklärung abgegeben, wo er war, was er gemacht hat seit Sonntag?«

»Nein, hat er nicht … Egal. Ich gehe trotzdem hin.«

Myriam verdrehte die Augen und schüttelte vielsagend den Kopf. »Tu, was du willst. Aber mach es ihm wenigstens nicht wieder zu leicht, Clara, ja?«

»Bestimmt nicht!«, versprach ich und hielt ihr mein leeres Glas unter die Nase. Sie schenkte nach.

Dann holte mich allerdings auch die Erinnerung wieder ein …

4

Es war dieser Abend, an dem Claus mich zum Essen ausgeführt hatte. Zu einem Italiener, in dem viele Leute vom Film verkehrten. Und da war dieser hübsche Kellner. Mit dem ich allerdings nicht flirtete, denn zu jener Zeit hatte ich nur Augen für Claus. Ich war hoffnungslos verknallt, und in dieser Phase flirtet keine Frau der Welt fremd.

Claus wurde im Laufe des Abends immer unterkühlter. Seine schlechte Laune war geradezu mit Händen greifbar. Obendrein raunzte er wiederholt den armen Ober an, der nicht wusste, wie ihm geschah, aber höflich blieb. Allerdings warf der Ärmste mir zwischendurch schon mal einen leicht verzweifelten Blick zu, als erhoffe er sich von meiner Seite Beistand.

Der Mann tat mir leid, also sprach ich Claus irgendwann vorsichtig auf sein schlechtes Benehmen an.

»Du denkst, er würde mit mir flirten, der Kellner, richtig? Aber erstens hätte ich gar kein Interesse an ihm, selbst wenn dem so wäre. Und zweitens meint er es sowieso nicht so, er möchte einfach nur zuvorkommend sein. Das gehört zu seinem Job, Claus.«

»Der will mit dir vögeln, das sieht doch ein Blinder. Versuch bloß nicht, mich für blöd zu verkaufen!«

Ich erschrak. Über diese plötzlich so eisige Stimme und den kalten Glanz in den Augen. Und über die Worte, die er mir so aus dem Nichts an den Kopf warf … Rasch fuhr ich mit dem Zeigefinger zärtlich über Claus' Handrücken. Eine Geste, die er normalerweise mochte, er behauptete immer, das törne ihn an.

In diesem Moment trat der Kellner erneut an unseren Tisch, um die Dessert-Bestellung anzunehmen.

Abrupt zog Claus im selben Augenblick seine Hand zurück.

»Du benimmst dich reichlich kindisch heute Abend, meine Liebe!«, verkündete er dazu laut.

Sowohl der Kellner als auch die Leute am Nebentisch zuckten sichtlich zusammen, obwohl natürlich jeder so tat, als habe er nichts gehört.

Mir allerdings kamen die Tränen. Ich fühlte mich gedemütigt, ungerecht und lieblos behandelt. Was hatte ich Claus denn getan? Ich liebte ihn, das sollte er doch nun wirklich langsam wissen. Dass er zu plötzlichen Eifersuchtsanfällen neigte, wusste ich hingegen längst. Aber das hier eben war einfach zu peinlich …

Das kleine Drama ging aber bereits in die nächste Runde.

»Ich kann heulende Frauen und Szenen in der Öffentlichkeit nicht ausstehen!«, erklärte Claus, nun noch einen Tick lauter. Und gleich darauf zum Kellner: »Die Rechnung bitte!«

Draußen auf der Straße hielt er dann ein Taxi an. Er öffnete für mich die hintere Tür, hieß mich mit einer herrischen Geste einsteigen und warf die Tür hinter mir zu. Ich konnte gerade noch rechtzeitig meinen Mantelsaum zurückzerren.

Claus stampfte um das Taxi herum, beugte sich durchs offene Seitenfenster zum Fahrer und nannte ihm laut meine Adresse.

»Bringen Sie die Dame für mich nach Hause!«

Schließlich reichte er dem Mann noch einen Geldschein. »Stimmt so!«, sagte er und drehte sich grußlos um. Dann überquerte er die Straße, wo sein Wagen stand, mit dem er mich abgeholt hatte.

Mich hatte Claus während der ganzen Szene keines Blickes gewürdigt.

Ich fühlte mich nun erst recht wie ein Stück Dreck. Und obendrein auch noch schuldbewusst. Obwohl ich keine Ahnung hatte, weshalb eigentlich. Immerhin war ich noch der Meinung, nichts Böses angestellt zu haben.

In jener Nacht schlief ich kaum. Als ich dann so gegen zwei Uhr früh doch wegzudämmern begann, summte plötzlich mein Handy. SMS von Claus:

> Eigentlich wollte ich ihn Dir heute Nacht mehrmals in Deine geile Pussy stecken! Vermisst Du meinen Schwanz? Oder spielst Du an Dir herum und denkst dabei an den Kellner?

Sofort war ich hellwach. Elektrisiert. Erregt. Anstatt Claus auflaufen zu lassen und das Handy einfach auszuschalten, antwortete ich ihm:

Kann nicht schlafen ohne Dich und Deinen Schwanz! Willst Du noch vorbeikommen?

Er ließ sich fast eine Stunde Zeit mit der Antwort:

Strafe muss sein! Du hast Dich wie eine kleine Schlampe aufgeführt, das ist Dir doch hoffentlich klar. Ich bin nicht bei mir zu Hause. Brauchte einen Drink und bin noch in einer Bar gelandet. Nette Leute hier und sehr faszinierende Frauen. Gute Nacht

Ich konnte es nicht fassen! Also rief ich ihn an. Oder versuchte es. Sein Handy war auf Mailbox geschaltet.

Ich heulte mich anschließend in einen unruhigen Schlaf, ich blöde Kuh!

Sein Handy blieb bis weit in den nächsten Nachmittag hinein ausgeschaltet. Ich litt Höllenqualen, sah Claus vor mir, wie er dalag auf seinem total zerwühlten Bett. Nackt. An seiner Seite eine schlafende nackte Frau. Mit rasanten Kurven und langen, glatten schwarzen Haaren. Als Kontrast zu meinen festen Äpfelchen und den blonden Locken … und weil er mich selbst damit noch weiter und zusätzlich aufbringen konnte.

Ich war eifersüchtig und litt wie ein Hund. Mein gesunder Menschenverstand hatte sich leider kurzerhand abgeschaltet.

Dabei hatte ich doch immer geglaubt, dass mir *so etwas* nicht passieren könnte.

Irgendwann am späteren Nachmittag dann kam eine SMS:

```
Muss nach Rom, heute noch! Willst Du am
Wochenende nachkommen? Schicke Dir das
Flugticket per E-Mail zu, samt Hotel-
adresse. Samstag früh hin, Montag früh
zurück. Claus
```

Und mir fiel nichts Besseres ein als:

```
Klingt prima! Mein Koffer ist schon so
gut wie gepackt. Clara
```

Dieses Mal ließ die Antwort nicht lange auf sich warten:

```
Und pack Dein durchsichtiges pinkfarbe-
nes Kleidchen ein! Ich will es Dir her-
unterreißen …
```

Ich stürmte kurz darauf zum Kleiderschrank und kramte nach dem gewünschten Teil. Damals, an unserem ersten Abend, hatte ich es auch getragen, daran erinnerte ich mich genau. Und an das Kompliment, das er mir dazu irgendwann ins Ohr geraunt hatte, während sich meine steifen Nippel vorwitzig und ungeniert durch den dünnen Stoff gebohrt hatten. Den Rest jener Nacht hatte das Kleid dann zusammengeknüllt auf dem Fußboden vor Claus' Bett gelegen.

Nach unserem ersten Streit sah ich es deswegen als

ein gutes Omen, dass er gerade jetzt nach dem Teil fragte. Das klang nach großer leidenschaftlicher Versöhnung! Selbst zu einer Grönlandreise hätte ich den Fetzen wahrscheinlich noch eingepackt, wenn Claus es so gewollt hätte.

In Rom gelandet, nahm ich ein Taxi zum Hotel.

Claus hatte am Morgen noch ein wichtiges Interview abgedreht und sollte mittlerweile ebenfalls auf dem Weg zurück ins Hotel sein.

An der Rezeption händigte man mir ohne Weiteres den Zimmerschlüssel aus. Unser Zimmer lag im sechsten Stock, wo es auch eine Dachterrasse mit Bar gab. Von hier oben hatte man sicher einen herrlichen Blick über Roms Dächer. Wie ich mich darauf freute …

Als ich eintrat, lag das Zimmer im Halbdunkel, obwohl draußen die Sonne schien. Die Samtvorhänge waren zugezogen und ließen lediglich schmale Lichtstreifen in den Raum.

Ich stellte meinen Koffer ab und wollte nach dem Lichtschalter tasten.

»Lass das Licht aus. Geh rüber zum Bett.«

Seine Stimme klang ruhig, trotzdem schwang ein deutlicher Befehlston darin mit, der mir nicht entging. Und ich gehorchte wortlos. Meine Augen hatten sich unterdessen an das Halbdunkel gewöhnt. Ich konnte das große Doppelbett in der Mitte des Raumes erkennen.

Aber wo war Claus?

Mit einigen wenigen Schritten durchquerte ich das

Zimmer, und dann stand ich am Bett. Als Nächstes bekam ich von hinten einen leichten Stoß, der mich bäuchlings aufs Bett beförderte.

»Dreh dich um!«

Ich tat es und blickte nunmehr aus der Rückenlage zu ihm hoch. Er beugte sich herunter und küsste mich. Mit harten, trockenen Lippen. Auch seine Zähne bekam ich bei diesem brutalen Kuss zu spüren.

Seine Zunge drang sofort tief in meinen Mund vor. Sie fühlte sich ebenfalls hart an. Außerdem bemerkte ich jetzt, dass Claus sich offenbar heute Morgen nicht rasiert hatte. Seine Bartstoppeln kratzten auf meiner Haut wie ein Reibeisen. Ich mochte es durchaus, wenn Claus mich so brutal küsste. Auch wenn meine Lippen in Kürze anschwellen, sich röten und später wie Feuer brennen würden.

Ich schlang ihm die Beine um die Hüften und erwiderte seine Küsse. Dabei zerrte ich mit beiden Händen das Hemd aus seiner Hose und öffnete die Gürtelschnalle. Claus knurrte, als ich hastig auch noch den Hosenschlitz aufriss, hineingriff und seinen harten, zuckenden Schwanz herausholte. Ich wollte ihn auf der Stelle in mir spüren.

Innerhalb von Sekunden zog er mich völlig aus, darin besaß Claus einige Übung. Ich war auch passend hierfür gekleidet, keine lästigen Knöpfe oder so. Da ich Claus' sexuelle Vorlieben mittlerweile kannte, war ich für ihn möglichst stets so ausstaffiert, dass er mich immer und überall einfach nehmen konnte. Was hieß: immer Rock, nie Hose. Knopflose Oberteile, unter die er seine Hände schieben konnte, wann immer ihm danach war. Wenn möglich sogar sommerlich-luftige Kleider, am besten mit weiten Röcken. Darunter niemals Unterwäsche. Damit wir sofort loslegen konnten, im Falle eines Falles.

Wie eben jetzt und hier im Hotelzimmer … Rau und rücksichtslos fuhren seine Hände über meinen nackten Körper, bis es schmerzte. Aber diese Grobheit fachte meine Lust nur weiter an. Claus nahm abwechselnd die längst harten Knospen zwischen die Lippen und begann daran gierig zu saugen. Er sog heftig, es brannte wie verrückt, schon wegen der Bartstoppeln. Aber es entfachte auch die Lust in mir. Verdammt große Lust.

Ich stöhnte und bäumte mich auf.

Meine Nippel sandten kleine grausame Stromstöße bis hinunter zwischen die bebenden Schenkel. Claus verschwand zwischen meinen Beinen und stieß seine Zunge blitzschnell zwischen meine Schamlippen. Die Zunge bahnte sich ihren Weg hinein in meine feuchte Enge. Und ich schrie auf.

Da zog Claus sich plötzlich zurück. Er sprang auf, stand nun vor dem Bett, und seine mächtige Erektion ragte auf bis zum Bauchnabel. Claus war augenscheinlich mehr als bereit, um mich auf der Stelle damit aufzuspießen. Einladend spreizte ich die Beine noch etwas mehr.

»Komm schon!«, forderte ich ihn auf.

Er lachte leise und sah spöttisch auf mich herab. »Gleich, du geiles Stück! Kannst es wohl nicht erwarten, bis ich dich endlich mal wieder richtig durchficke?«

Claus liebte solche und auch viel härtere Ausdrücke, wenn wir es miteinander taten.

Er drehte sich um und ging an das andere Ende des Raums. Ich hörte, wie er ungeduldig eine Schublade aufriss, dann war er auch schon zurück am Bett. Im nächsten Augenblick legte sich ein Tuch über meine Augen.

»Heb den Kopf!«

Ich tat es, und Claus verknotete das Tuch an meinem Hinterkopf. Jetzt war es vollkommen dunkel um mich herum. Er hob meine Arme, bis ich mit den Händen an die Gitterstäbe des Messingbettrahmens über meinem Kopf stieß. Claus fesselte meine Handgelenke mit zwei weiteren Tüchern an das Kopfteil. Und dann waren meine Füße dran: Da meine Beine bereits weit gespreizt waren, schlang er mir nur noch Tücher um die beiden Fußgelenke, verknotete die Enden und verband diese anschließend mit den unteren Bettpfosten.

Zu diesem Zeitpunkt ahnte ich noch nicht, dass ich in dieser ausgelieferten Stellung fast das ganze Wochenende verbringen sollte.

Zunächst jedoch drang Claus hart in mich ein. Ich kam beinahe auf der Stelle, er wenige Sekunden später.

»Du geiles Luder!«

Diese drei Worte schrie er laut heraus, als er kam. Dann brach er auf mir zusammen. Sein Puls hämmerte wie wild.

Nach dieser heißen Versöhnung war ich durchaus zufrieden und schlummerte erschöpft ein. Als ich wieder erwachte, war Claus weg.

Im Zimmer war es absolut still. Und noch dunkler als bei meiner Ankunft. Draußen musste die Sonne demzufolge inzwischen ein ganzes Stück am Himmel weitergewandert sein.

Wie spät es wohl sein mochte? Meinem Hunger und Durst nach zu schließen längst Nachmittag.

Wo aber steckte Claus? Vielleicht im Bad?

»Claus! Es reicht jetzt, binde mich los! Mir tut alles weh, und Hunger habe ich auch.«

Keine Antwort.

Der Mistkerl hatte mich tatsächlich allein gelassen. Vermutlich gönnte er sich gerade irgendwo Pasta mit Rotwein, danach einen Espresso.

Mein Magen begann bei dieser Vorstellung laut zu knurren.

Meine Zunge fühlte sich pelzig an, meine Lippen brannten. Ich gierte nach einem Schluck Wasser. Und ins Bad musste ich auch, auf die Toilette und duschen.

Ich versuchte, meine Arme und Beine zu bewegen, vielleicht konnte ich mich ja selbst befreien. Aber die Knoten in den Tüchern hielten stand. Selbst heftiges Reißen half nicht weiter. Ich scheuerte mir bloß die Gelenke wund. Verdammt!

»Hilfe!«, schrie ich laut.

Dann gleich noch einmal. »Hilfe!«

Und schließlich auch noch auf Englisch. »Help!«

Dann hörte ich die Zimmertür aufgehen.

»Bist du verrückt geworden? Was ist denn los?«

Claus. Er war zurück.

»Ich halte das nicht mehr aus!«, fauchte ich entnervt. »Binde mich los! Sofort!«

Er lachte. »Gleich.« Allerdings ging er zunächst einmal ins Badezimmer. Ich hörte, wie er geräuschvoll pinkelte, dann das Rauschen des Wasserhahns. Was fiel ihm ein? Wollte er mich quälen? War er verrückt geworden? Allmählich geriet ich regelrecht in Panik. Also schrie ich wieder laut: »Hilfe!«

Dann endlich klappte die Badezimmertür. Claus kam zum Bett, ich hörte ihn deutlich und schwer atmen. Als Nächstes spürte ich seine warme feste Hand auf meiner Scham. Sie rieb daran herum, dann beklopften harte Finger den Schamhügel, schließlich rieb erneut die Hand über meine stark geschwollenen Schamlippen. Sofort war ich gegen meinen Willen wieder erregt, und meine Panik ließ dadurch merklich nach. Ein kräftiger Finger teilte jetzt zielsicher meine Schamlippen und penetrierte mich im nächsten Moment auch schon. Ich schnappte vor Überraschung nach Luft, und meine Lust steigerte sich.

Sein Finger fuhr heraus und sofort wieder hinein. Der Daumen rieb gleichzeitig fest über die harte Kuppe der Klitoris, bewegte die steife kleine Perle vor und zurück.

Ich stand kurz davor zu explodieren. Aber plötzlich zog sich Claus erneut zurück. Währenddessen keuchte und seufzte ich halblaut, weil selbst jetzt noch Anzeichen eines beginnenden Höhepunktes durch mein Becken jagten. Meine Muschi pulsierte wie verrückt.

Da hörte ich Claus ans Bett zurückkehren.

Er hatte sich unterdessen wieder ausgezogen. Plötzlich war er auf mir und als Nächstes auch schon in mir. Tief in mir, bis zum Anschlag. Er füllte mich komplett aus. Sein Schwanz war enorm. Er zuckte vor Gier in meiner mittlerweile brennenden Scham. Er stieß tief und tiefer in meine nasse Muschi. Ich war immer noch irgendwie überrascht von diesem Überfall und konnte nur noch japsen, bekam kaum Luft. Denn Claus war schwer, und er lag mit seinem ganzen Körpergewicht auf mir, während er hart und tief in mich stieß.

Seine Stöße wurden stetig härter, und ich stöhnte immer lauter vor Begierde und vor Schmerz, während Claus aus purer animalischer Lust schrie. Dann kam er, riss seinen riesigen, voll erigierten Schwanz aus mir heraus und spritzte sein heißes Sperma über meinen Bauch. Bis hinauf zu den Brüsten. Und dann war es vorbei.

Claus nahm mir kurz darauf das Tuch von den Augen und band mich an Fuß- und Handgelenken los.

»Geh jetzt ins Bad. Duschen, was auch immer. Anschließend kommst du wieder her, Clara, verstanden?«

Die Tücher blieben an den Bettpfosten verknotet.

Unter der Dusche dachte ich dann: *Warum macht er das, und warum lasse ich das zu? Und warum macht es mich auch noch an?*

Als das warme Wasser auf meine Haut prasselte, wusste ich plötzlich die Antwort: Ich ließ es zu, weil mich seine Brutalität im Grunde faszinierte und mich antörnte. Und ich war zudem ziemlich gespannt, wie weit er noch gehen würde.

Ich sah nicht viel – oder besser: ich sah nichts von Rom an diesem Wochenende. Claus machte mich ungefragt und kurzerhand für zwei Tage zu seiner persönlichen Sex-Sklavin.

Und ich ließ das alles zu.

Kaum war ich wieder aus dem Bad zurück, verband er mir erneut die Augen und fesselte mich dann wieder ans Bett. Er bestellte Essen und Wein aufs Zimmer, das draußen vor der Tür auf einem Servierwagen auf Rädern abgestellt wurde.

Claus fütterte mich wie ein Kind. Und er gab mir zu trinken. Wir verschütteten dabei reichlich Rotwein auf die Laken, es störte uns nicht.

Am frühen Montagmorgen war meine Gefangenschaft beendet.

Ich wurde wieder Clara Hagen. Ich duschte und wusch mir die Haare, zog mich an. In der Zwischenzeit ließ Claus mir ein Taxi zum Flughafen rufen. Er selbst musste erneut zu einem wichtigen Drehtermin, wie er erklärte. Zu diesem Zweck würde er auch noch den Rest der Woche in Rom bleiben.

Am Montagabend rief er mich zu Hause an. Seine Stimme klang wie immer, er redete völlig normal mit mir. Über belanglose allgemeine Themen. Sprach vom Wetter und den Leuten in Rom. Ich erzählte vom Wetter in München, vom Flug und von meinem restlichen Tag seit der Landung. Als hätte dieses Wochenende in Rom nie – oder wenigstens nicht in *dieser Form* – stattgefunden.

Zum Schluss sagte Claus irgendwann noch: »Hör mal, Clara! Ich habe mir etwas überlegt. Sobald ich zurück bin, gehen wir zum Juwelier. Ich kaufe dir einen schönen Brillanten. Eine Art Verlobungsring, wenn du so willst.«

Mir stockte der Atem, tatsächlich vor Freude. Ich war immer noch so naiv. Dabei vergaß ich vor lauter Verzückung nachzufragen, ob ich sein Angebot als Antrag auffassen sollte.

Wir kauften also einen Ring, den ich mir selbst ausgesucht hatte. Das gute Stück war nicht billig, aber dieser Ring war der Einzige, der mir wirklich gefiel. Außerdem wollte ich Claus über den Umweg mit dem Preis sozusagen *antesten*. Wozu ich hart an seine persönliche Obergrenze gehen musste, aber nicht darüber.

Claus zuckte nicht mit der Wimper, sondern zückte seine Kreditkarte. Lächelnd betonte er, dass auch ihm der Ring gefiele: Er würde zu mir passen und sei seinen Preis wert.

Fand ich auch.

Der Ring war etwas zu groß für meinen Finger. Und der Juwelier erklärte beflissen, in einigen Tagen wäre das Problemchen behoben.

Claus fuhr in die Innenstadt und holte den Ring selbst ab. Er kam danach direkt zu mir in die Wohnung und streifte mir den Brillanten über den Finger. Dabei fiel mir wieder ein, dass heute auch der Tag unseres Kennenlernens war.

Jahrestag! Der erste noch dazu ... Ob er sich erinnerte?

Claus erwähnte es jedenfalls mit keinem Wort, dafür sagte er: »Hör mal, Clara! Das bedeutet jetzt aber nicht, dass wir deswegen auch heiraten müssen.«

Damit drehte er sich um und ging. Er hatte angeblich noch einen wichtigen Termin an diesem Abend.

Zuckerbrot und Peitsche – so war meine Beziehung zu Claus …

Vielleicht hatte Myriam ja recht, wenn sie immer wieder auf diese Geschichte zu sprechen kam und dabei stets aufs Neue behauptete, ich hätte Claus damals den Ring vor die Füße werfen und die Beziehung beenden sollen …

5

Es lag vielleicht am dritten Gläschen Sekt dieses Nachmittags, das Myriam mir unaufgefordert nachgeschenkt hatte, zumindest redete ich mir das ein. Jedenfalls fand ich mich kurz danach fest verankert in der Gegenwart und in einem geradezu überirdischen Glückstaumel wieder. Die Geister der Vergangenheit und der Erinnerung hatten sich verzogen, mein Herz war leicht und frei.

Kaum hatte sich Myriam in ihrem heißen Abend-Outfit verabschiedet, rannte ich ins Bad und sprang unter die Dusche. Das warme Wasser prasselte auf mich herunter. Ich spürte, wie meine Nippel sich aufrichteten, und im Nu erwachte da diese immense Lust auf Sex in mir. Der hautfarbene Vibrator in meiner Nachttischschublade fiel mir prompt ein, während der Wasserstrahl kräftig auf meiner Haut prickelte und das verräterische Jucken zwischen meinen Schenkeln immer stärker wurde. Vielleicht könnte ich nach der Dusche noch kurz mit Hilfe des künstlichen Schwanzes ein wenig entspannen, überlegte ich weiter. So erregt, wie ich im Augenblick war, würde ich bereits innerhalb von wenigen Minuten kommen. So viel Zeit sollte noch sein …

Mittlerweile besaß ich Übung, denn ich benutzte den batteriebetriebenen Kunstschwanz mit schöner Regelmäßigkeit. Er war dicker und härter als ein echter Schwanz. Außerdem war er vorn neckisch genoppt, was in einer ausreichend feuchten Muschi sensationelle Lustgefühle hervorrief. Mit Hilfe dieser Noppen massierte ich meist zuerst die Schamlippen und die lüstern aufgerichtete Perle. Danach öffnete ich mit einer Hand meine Möse und führte den Freudenspender langsam und genüsslich tief ein. Er surrte und vibrierte so lange geduldig in mir, bis es mir unglaublich heftig kam. Die Kontraktionen tief in meinem Becken waren jedes Mal sensationell. Noch während des Höhepunkts holte ich den Massagestab heraus – er verursachte dabei ein unanständiges kleines Geräusch – und ließ ihn surrend und vibrierend über Klit und Schamlippen tanzen. So konnte ich mir häufig gleich noch einen zweiten Orgasmus verschaffen, der mich vor Lust aufstöhnen ließ, weil er so unglaublich intensiv war.

Die heftigsten und längsten Höhepunkte hatte ich bislang tatsächlich mit Hilfe meines Vibrators erlebt – übrigens ein Geschenk von Claus. Noch lange vor dem Ring. Und eins seiner ersten Präsente überhaupt, das mir Claus nach einem Dreh aus Hongkong mitgebracht hatte. Am ersten Abend nach seiner Rückkehr hatte er mich zum Essen eingeladen, und noch an der Garderobe des Restaurants zog er ein längliches Päckchen aus seiner Manteltasche. Er überreichte es mir wortlos, sobald wir an unserem reservierten Tisch Platz genommen hatten.

»Für mich?« Etwas Gescheiteres fiel mir vor Freude und gleichzeitiger Neugier nicht ein.

Claus zeigte sein freches Grinsen, das ich damals so an ihm mochte, und nickte. Ahnungslos und unbedarft riss ich die Verpackung auf. Just in dem Augenblick, als der Kellner an den Tisch trat, öffnete ich den Deckel der bonbonfarbenen Schachtel. Ich starrte auf das Sexspielzeug – bemerkte dennoch und fast gleichzeitig auch den leicht glasigen Blick des Kellners, der sich nunmehr hastig abwandte – und stülpte den Deckel rasch wieder auf die Schachtel. Meine Wangen glühten und meine Ohren vermutlich auch. Mir war das Ganze unendlich peinlich, dem Kellner offensichtlich ebenso.

Claus hingegen bestellte seelenruhig eine Flasche Bordeaux, dazu eine Flasche Wasser, bevor er erklärte: »Ich weiß, dass ich dich oft alleine lasse. Dennoch erwarte ich absolute Treue von dir, liebe Clara.«

Am Anfang und bei den ersten zaghaften Selbstversuchen konnte ich das Teil noch gar nicht leiden. Seine Vibrationen waren mir selbst in der niedrigsten Stufe noch zu heftig. Wenn ich den Vibrator über die Schamlippen surren ließ, fühlte sich im Nu meine gesamte Muschi pelzig und irgendwie taub an. Und aufgrund dieser Taubheit spürte ich dort auch nichts mehr, jedenfalls keine Lust. Das war nicht schön.

Dennoch probierte ich weiter mit dem Sexspielzeug herum. Nicht zuletzt deswegen, weil Claus nun jedes Mal verlangte, wenn er – meistens am Abend – von irgendwoher bei mir anrief, ich solle es mir damit vor ihm machen.

»Hol ihn raus, Clara! Hast du ihn? Brav! Und jetzt zieh den Slip runter und schalt das Ding an!«, forderte Claus mich auf.

Er hörte das surrende Geräusch auch durchs Handy noch richtig gut, ich konnte ihm also nichts vormachen.

»Führ ihn über die Schamlippen. Und jetzt spreiz mit der Spitze die Muschi weit auf, schieb ihn weiter vorwärts, langsam, langsam, und immer weiter.«

Ich gehorchte und führte Claus' Anweisungen sorgfältig aus, bis ich mittendrin zu stöhnen begann, weil es mir auf einmal doch gefiel. Irgendwann bekam ich dann auch meinen ersten markerschütternden Orgasmus. So fing ich an, diese Art von Telefonsex richtig zu genießen. Ja, ich sehnte geradezu den Augenblick herbei, bis spät am Abend das Telefon endlich klingelte.

Claus wiederum kannte sich anscheinend bestens mit Sexspielzeug aus. Seine Anweisungen wurden ständig präziser und raffinierter. Ich lernte, sie genauestens zu befolgen, und erlebte immer neue – lautstarke – Höhepunkte, die Claus am anderen Ende der Leitung mithörte.

Und ich konnte mithören, wie er sich während dieser Telefon-Sitzungen die ganze Zeit über den Schwanz rieb. Er tat dies heftig, fuhr mit einer Hand immer schneller auf und ab. Ich konnte sogar hören, wie die Vorhaut über der Kuppe der Eichel vor- und wieder zurückglitt. Dieses ganz spezielle Geräusch erregte mich noch im Nachhinein, wenn ich später in der Nacht und alleine im Bett wieder daran dachte.

Dann holte ich meinen Kunstschwanz noch einmal hervor und ließ ihn erneut zwischen meinen bebenden Schenkeln tanzen. Auf und manchmal auch drinnen in meiner Muschi. Je nachdem, wie rasch ich mich dem Explosionspunkt näherte.

Ich gewöhnte mich also sozusagen in Etappen an meinen neuen Freudenspender und an seine verschiedenen Geschwindigkeitsstufen. Bis zur höchsten Umdrehungszahl. Und dabei hatte ich anfangs doch felsenfest geglaubt, ich würde das Ding nie an mir anwenden können. Die Enden meiner Nervenstränge schienen viel zu empfindlich zu sein für eine derartig starke Stimulation von außen.

Dabei musste ich mich nur an das alles gewöhnen, das war die Lösung. Wie so oft im Leben ... Ich gewöhnte mich ja auch relativ schnell an Claus und an sein dominantes Benehmen.

Während ich genüsslich diese sexy Erinnerungen in meinen Gedanken Revue passieren ließ, war der Duschkopf der Handbrause automatisch über meinen Körper nach unten gewandert. Er befand sich mittlerweile in Höhe des Schamhügels.

Erregt, wie ich war, spreizte ich spontan mit der linken Hand meine gierig pochende Muschi, bis die äußeren Schamlippen sich wie eine Blüte öffneten und die zitternde Perle in der Mitte hervorsprang. Als der harte warme Wasserstrahl nun direkt auf diese Stelle zielte und dabei die Klit kräftig massierte, explodierte ich unversehens.

Hinterher fühlte ich mich deutlich entspannter.

Der größte Druck war gewichen, und darauf kam es mir im Moment an. Den Vibrator brauchte ich heute nicht mehr.

Ich trocknete mich mit einem flauschigen Handtuch ab. Meine Haut glühte von der Behandlung angenehm und wirkte im Spiegel rosig und wunderbar zart. Ich fühlte mich in diesem köstlichen Moment richtig wohl. Und sexy noch dazu.

Ein Weilchen später saß ich im Wohnzimmer vor dem Schminkspiegel und verwandelte mich von einer netten Blonden in einen Vamp mit knallroten Lippen und schräg stehenden leuchtenden Katzenaugen. Ich schminkte mich wie im Fieber und wurde eine verführerische, geheimnisvolle Sirene.

Ich lachte meinem Spiegelbild zu und formte einen frechen Kussmund à la Marilyn Monroe. Es sah sogar verdammt ähnlich aus! Falls was dran war an dem Spruch, dass die blonden Mädels mehr Spaß hatten im Leben: Heute Abend war ich bereit dafür – und für noch viel mehr …!

Ich tanzte durch die Wohnung, riss übermütig Schranktüren auf und Schubladen heraus auf der Suche nach dem ultimativen Outfit zu meiner Rolle.

Mir wurde dabei heiß. Überhaupt schien ich irgendwie von innen heraus zu glühen, seitdem diese SMS von Claus gekommen war. Ungestüm riss ich auf der Suche nach Abkühlung auch die Fenster in der Wohnung auf, obwohl es draußen richtig kalt war und leicht zu schneien begonnen hatte.

Von dem Moment an, als ich den Namen *Damian White* auf dem Display meines Handys gelesen hatte und dazu blitzartig sein Gesicht vor meinem inneren Auge auftauchte, hatte auch mein Puls wie verrückt zu schlagen begonnen. Zunächst war es mir nicht weiter aufgefallen. Ich hatte mich nämlich zuerst noch gefragt, wie alt der Wildhüter wohl sein mochte. Ich schätzte ihn auf Mitte dreißig. Hatte nicht Claus so etwas in der Richtung auch erwähnt? Ich glaubte mich dunkel zu erinnern, zerbrach mir den Kopf ... und dabei überhörte ich das Rasen meines Pulses. Doch jetzt wurde es mir überdeutlich bewusst, und ich fand es nun doch irgendwie beunruhigend. So eine Dauerbelastung konnte nicht gesund sein, oder?

Die Szene in der Dusche gerade eben hatte sich auch nicht direkt pulsberuhigend ausgewirkt. Mein Blutdruck musste mittlerweile ziemlich hoch sein. Sicher war mir deshalb so heiß. Mein Blut kochte wie Lava.

Von Anfang an war ich durch diese blöde SMS dermaßen durch den Wind gewesen, ich hatte ja nicht einmal mehr fertiggebracht, Myriam gegenüber seinen Namen auszusprechen: *Damian White.*

Von den offenen Fenstern her zog es allmählich empfindlich, und die Kälte tat langsam doch ihre Wirkung. Und ich sah wieder klarer. Glaubte ich jedenfalls. Darüber hinaus dämmerte mir auch ganz entschieden eine nicht unwichtige Erkenntnis: Es hatte keinen Zweck mehr, mir selbst etwas vorzulügen – die ganze Aufregung hatte wenig bis gar nichts mit Claus zu tun.

Wenn ich mir in einer Sache zu diesem Zeitpunkt hundertprozentig sicher war, dann in dieser: Ich hätte seine Pseudo-Einladung vorhin vehement abgelehnt, hätte da nicht der Name Damian White gestanden.

Ich war schon seit geraumer Zeit nicht mehr Claus' willige Sex-Sklavin, die ständig zu einem Quickie an den unmöglichsten Orten und Zeiten bereit war.

Das i-Tüpfelchen war sein Verhalten am letzten Sonntag gewesen, als er nach dem Blowjob einfach abgehauen war und sich nicht mehr gemeldet hatte. Damit war Claus eindeutig zu weit gegangen. Myriam hatte vollkommen recht: Ich hätte ihn schon lange verlassen sollen, er benutzte mich nur, und zwar wann und wie es ihm gerade passte.

Urplötzlich schien der Zauber verflogen, den er noch bis vor Kurzem auf mich ausgeübt hatte. Und ich wusste wirklich nicht, warum er verschwunden war. Im Grunde war das aber auch egal. Was zählte, war einzig und allein, *dass es passiert war*. Ich war gerade dabei, die Oberhand in meinem eigenen Leben zurückzugewinnen. Ein Gefühl von Freiheit machte sich in mir breit, ein Druck wich von mir. Das fühlte sich gesund und verdammt richtig an.

Meine innere Wandlung passte perfekt zu meiner äußeren. Die Kleiderwahl fiel mir jetzt auch leicht. Ich brauchte nicht mehr groß zu überlegen, mein Unterbewusstsein übernahm kurzerhand die Regie.

Eis und Schnee hatten mich nicht davon abhalten können: Ich hatte mich für das kurze nachtblaue Samtkleid entschieden. Darunter trug ich blickdichte, seidig glänzende Strümpfe. Der Höhepunkt meines Outfits jedoch waren die Overknee-Stiefel mit Bleistiftabsätzen. Ziemlich unvernünftig, diese hohen und spitzen Absätze bei dem Wetter und den rutschigen Gehwegen. Ganz klar. Aber wen scherte das? Mich jedenfalls nicht, denn ich schwebte bereits seit Stunden auf einer Wolke. Wozu brauchte ich dann so etwas Langweiliges wie Bodenhaftung?

Als wärmenden Abschluss hatte ich mir noch das knapp knielange künstliche Leopardenfell übergeworfen. Mit einem echten hätte ich auch nicht gewagt, damit ausgerechnet unter die Augen eines Wildhüters zu treten.

Damian White! Was machte er überhaupt in München?

Während ich auf die Straße hinaustrat, beschloss ich, mir darüber nicht den Kopf zu zerbrechen. Im Moment sollte ich mir wahrlich ganz andere Gedanken machen. Wieso zum Beispiel Claus mich ausgerechnet heute Abend eingeladen hatte. Tagelang hatte er es nicht einmal für nötig befunden, sich auch nur telefonisch zu melden. Und nun ausgerechnet an diesem Abend, wo er mit Damian White verabredet war?

Sicher hatte Damian etwas Wichtiges mit Claus zu besprechen und war deshalb extra nach München gekommen. Ich hatte damit jedenfalls nicht das Geringste zu tun, weder gehörte ich zum Mitarbeiterstab von Claus Carlson, noch kannten wir uns, Damian und ich. Ich wäre obendrein jede Wette eingegangen, dass Claus mich während der gesamten Drehzeit in Südafrika kein einziges Mal und niemandem gegenüber auch nur mit einem Wort erwähnt hatte. Damian wusste mit Sicherheit nichts von der Existenz einer Lebensgefährtin, umso verdutzter würde der Wildhüter gleich sein, wenn ich im Lokal auftauchte. Es wäre nicht das erste Mal, dass mir so etwas mit Claus passierte. *Ich trenne eben strikt zwischen Arbeit und Privatleben,* pflegte er zu sagen, wenn ich ihn darauf ansprach.

Eine plötzliche Erkenntnis ließ mich jetzt mitten auf der Straße abrupt stehen bleiben: Wenn ich es recht bedachte, so war ich wirklich nicht die Frau an Claus' Seite. Dieses Szenario hatte lediglich in meiner Phantasie stattgefunden. Also gab es auch für Claus' überraschende Einladung ausgerechnet heute Abend nur eine logische Erklärung: Es war ein verdammter Test! Hatte nicht Myriam heute Nachmittag erwähnt, Claus sei eifersüchtig gewesen wegen meines Hingerissenseins, als der Wildhüter auf dem Bildschirm aufgetaucht war …?!

Wütend lief ich weiter, beschleunigte meine Schritte, denn ich war bereits spät dran.

Ich musste erneut an Myriam denken. Sie hatte ja so recht: Claus war tatsächlich ein Kontrollfreak, der mich bloß gefügig machen wollte, koste es, was es wolle. Und dabei war ihm bei seinem ohnehin riesigen Ego jedes Mittel recht.

Ich blieb ein weiteres Mal ruckartig stehen, weil mir soeben ein weiteres treffendes Wort für ihn eingefallen war: *Gefühlsvampir! Er saugte mich gefühlsmäßig und auch sexuell aus und lud damit seine eigenen Energiereserven auf.*

Jetzt war ich mir hundertprozentig sicher: Dieser

Abend heute war ein Testlauf. Und vermutlich war das Ganze gleich noch ein Warnschuss in Richtung von Damian White.

Indem Claus mich persönlich dem Wildhüter vorstellte, verpasste er mir damit sozusagen ein Brandzeichen. Danach konnte er mich schon wesentlich beruhigter mit unseren Freunden Richtung Südafrika abfliegen lassen. Ich war gebrandmarkt als sein Eigentum und mein Freiheitsradius damit beschnitten.

Vor lauter Frust knirschte ich mit den Zähnen und lief wieder los. Im nächsten Moment wäre ich beinahe auf meinen hohen Absätzen auf dem glatten Bürgersteig ausgerutscht. Mir gelang es gerade noch, mich an der Hauswand abzufangen. Dabei scheuerte ich mir den linken Handballen auf und knickte schmerzhaft um. Ich massierte mir eine Weile den Knöchel, bis ich endlich, ein bisschen humpelnd, weitergehen konnte.

Verdammt, ich hätte doch lieber Jeans und flache, gefütterte Stiefeletten anziehen sollen.

Ein letzter unbehaglicher Gedanke kam mir just in dem Moment, als ich durch die Eingangstür der Taverne Nicolas ging.

Hoffentlich hat Claus nicht wieder dieses neue grauenhafte Rasierwasser benutzt. Doch es lag gar nicht am Rasierwasser, ich konnte Claus zu diesem Zeitpunkt tatsächlich schon lange nicht mehr riechen.

Teil 2

DAMIAN

1

Damian White seufzte lustvoll auf, als sich die junge Frau mit weit gespreizten Schenkeln über sein aufragendes Geschlecht hockte. Während sie laut stöhnend den Kopf in den Nacken warf, senkte sie ihr Becken mit kreisenden Bewegungen immer weiter herab. Ihre Schamlippen berührten seine angeschwollene Eichel und rieben sich lüstern an ihr. Das Gefühl, das dabei durch Damians Lenden strömte, brachte ihn fast um den Verstand. Endlich öffnete sich unter dem festen Druck des steifen Schwanzes die Möse und ließ ihn ein. Feucht war sie und so heiß.

Ihre Hüften wippten vor und zurück. Tiefer und immer tiefer verschwand sein pulsierendes Glied im heißen Fleisch der blonden Frau, deren Hüfte Damian nun mit beiden Händen umklammert hielt. Denn er wollte gleich seine Zurückhaltung aufgeben, sie nehmen und richtig kräftig in sie stoßen. Er konnte gar nicht anders, er begehrte sie so sehr. Sie war geil und willig, und alleine das machte ihn verrückt! Sein Schwanz tobte in ihr, und Damian stieß sein Becken ungestüm nach oben. Damian glaubte gleich zerspringen zu müssen vor lauter Geilheit.

Als Nächstes spürte er, wie ihre inneren Muskeln

ihn massierten, an ihm saugten – und Damian explodierte, keuchend ergoss er sich in ihr …

Das Läuten des Zimmertelefons auf dem Nachttisch war ungewöhnlich laut. Der Weckdienst des Hotels war zuverlässig und weckte Damian White, den Gast in Zimmer 312, pünktlich auf die Minute. Damian, dermaßen unsanft aus seinem Traum gerissen, fluchte leise vor sich hin und griff sich im nächsten Moment an die Stirn. Sein Schädel brummte erbärmlich. Hierfür war sicher der griechische Fusel von gestern Nacht verantwortlich, wie hieß das Zeug gleich noch mal – *Retsina?*

Erst jetzt wurde sich Damian auch seiner Erektion bewusst. Normalerweise konnte so ein Ständer zu unpassender Zeit ihn schon mal verrückt machen. Es stellte sich dann nämlich immer die berechtigte Frage: *Wohin damit?* Heute Morgen allerdings sorgte der Kater dafür, dass die Latte sich tatsächlich bereits freiwillig auf dem Rückzug befand.

Verflucht! Er hätte besser einige Münchner Biere getrunken letzte Nacht, wenn er schon mal in der bayerischen Landeshauptstadt weilte. Das bayerische Bier war schließlich weltbekannt. Und verursachte – sofern man nicht allzu viel davon trank – auch keine lästigen Kopfschmerzen.

Am liebsten hätte Damian sich einfach noch einmal umgedreht und ein Stündchen weitergeschlafen. Ein wenig mehr Schlaf, um den Entgiftungsprozess in der Leber zu unterstützen, dann würde es ihm sicher wieder besser gehen. Er kannte seinen Körper, der von dem härteren Leben in Südafrika wesentlich trainierter und damit belastbarer war als seinerzeit in England. Obwohl Damian damals jünger gewesen war – heute mit fünfunddreißig fühlte er sich im Grunde genommen fitter als mit Anfang zwanzig.

Damian gähnte herzhaft und streckte sich dabei unter der Bettdecke, um seine Lebensgeister wiederzubeleben. Leider ging das mit dem Ausschlafen heute überhaupt nicht. Er musste den Zehn-Uhr-Flug von München nach London kriegen, schließlich wollte er auf gar keinen Fall seine Verabredung zum Lunch mit Shirley verpassen.

Shirley konnte verdammt gereizt reagieren, wenn man sie versetzte und mit ihrer kostbaren Lebenszeit nachlässig umging. Ein derartig rücksichtsloses Verhalten tolerierte sie absolut nicht. Das wurde jedem, der das auch nur einmal gewagt hatte, schnellstens und nachhaltig ausgetrieben.

Shirley, der rothaarige und sommersprossige irische Hitzkopf, würde sich wohl nie ändern, das war Damian seit langem klar. Starrköpfig war sie schon damals als junge Studentin gewesen. Mittlerweile eine erfolgreiche Bankerin im Kostümchen und mit eleganten High Heels, residierte sie nun schon eine ganze Weile in einem todschicken Büro mitten im Londoner Bankendistrikt. Sie behauptete felsenfest, einzig und allein ihr irischer Dickschädel habe sie dorthin gebracht. Ebenso wie ihr selbstbewusstes Auftreten. Sie ließ sich nichts gefallen, und zwar von niemandem.

Damian musste bei der Erinnerung an sie grinsen. Er setzte sich im Bett auf und schwang die Beine über den Rand, und damit war der innere Schweinehund zum größten Teil besiegt. Gleich wäre er bereit, unter die Dusche zu springen und dem neuen Tag inklusive Shirley die Stirn zu bieten.

Abgesehen davon, dass Damian nicht wirklich Angst vor Shirleys hitzigem Temperament hatte, wollte er sie doch gerade heute lieber nicht gegen sich aufbringen. Denn er brauchte dringend ihre Hilfe, um das Wildreservat mit den weißen Löwen weiterfinanzieren zu können: Die Höhe der Kreditsumme würde wohl selbst bei Shirley im ersten Moment ein spontanes Kopfschütteln hervorrufen. Zumal Damian nicht gerade über große Sicherheiten verfügte. Er hatte nur einen – in seinen Augen – wirklich guten Plan. Und Damian wusste eins sicher: Wenn es ihm heute nicht gelang, Shirley von seinen ehrgeizigen Plänen zu überzeugen, und sie ihm anschließend nicht durch ihren Einfluss weiterhalf – dann wäre seine gesamte Reise, von Südafrika über Berlin, dann München und schließlich weiter nach London, so gut wie umsonst gewesen. Das durfte einfach nicht geschehen. Seine Freunde in Südafrika zählten auf ihn. Obendrein war das Ganze ja auch noch seine Idee gewesen. Wenn der Solarstrom erst einmal auf dem Gelände des Wildreservates zu fließen begann, würde die Nutzung der Sonnenenergie nicht nur der Umwelt und dem Klimaschutz allgemein zugutekommen. Das Reservat konnte die überschüssig produzierte Energie sogar weiterverkaufen, und auf diese Art und Weise würde das Reservat nicht nur die eigene Stromversorgung auf Dauer sicherstellen, sondern auch noch eine kleine zusätzliche Einnahmequelle generieren. Bisher war so weit auch alles nach Plan verlaufen. Der Bau der angepeilten Photovoltaikanlage durch die Berliner Firma hing letztlich nur noch von einer allerdings wichtigen Kleinigkeit ab: nämlich der Kreditzusage aus London. Und hier war Shirley MacHaliday gefragt …

Damian gab sich einen Ruck und stand im nächsten Moment aufrecht neben dem Bett. Allerdings entlockte ihm diese heroische Aktion auch ein leises Fluchen. Seine Kniekehlen fühlten sich verdammt weich an. Und sein Schädel dröhnte jetzt regelrecht von der Anstrengung des Aufstehens.

Dieser verdammte Claus Carlson und sein Einfall mit der griechischen Taverne! Claus hatte ihre Gläser ständig nachgefüllt, und Damian hatte irgendwann den Überblick verloren. Zumal er in eine durchaus angenehme Unterhaltung vertieft gewesen war – mit Clara, dieser zierlichen Blonden, die wacker mitgehalten hatte. Vermutlich lag es auch an ihr, dass Damian irgendwann unvorsichtig geworden war und sich sogar hatte gehenlassen. Sein normales tägliches Leben in der Wildnis Südafrikas bestand ja nun nicht gerade aus ausgiebigen oder gar wild ausufernden Kneipenbesuchen, und er war Alkohol in größeren Mengen definitiv nicht mehr gewohnt.

Außerdem war er es auch nicht mehr gewohnt, zu flirten. Und wenn gar noch beides zusammenkam – Trinken und Flirten –, so wie letzte Nacht, dann war ganz schnell alles zu spät.

Damian machte als Nächstes einen beherzten Schritt,

weg vom Bett, um die wackligen Knie zu testen. Sie hielten stand. Ihm war zwar noch leicht schwindelig, aber ihm ging es schon bedeutend besser.

Damian hatte sich tatsächlich in den letzten Jahren von einem vornehm zurückhaltenden und reichlich vergeistigten Wissenschaftler in einen kantigen Naturburschen verwandelt. Mit entsprechend verwilderten Manieren. Südafrika hatte einen echten Wildhüter aus ihm gemacht und ihm auch die letzten Reste von Snobismus gründlich ausgetrieben.

Wenn er da an seine Studienzeit in Cambridge zurückdachte – wie unbekümmert, überheblich und selbstbezogen sie als Studenten doch waren. Am schlimmsten waren die Burschen aus wohlhabenden Familien gewesen. Zu dieser Gruppe hatte Damian allerdings nicht gehört. Er hatte sein Studium mit stundenweiser Laborarbeit in einem Krankenhaus finanziert und auch nie die Bodenhaftung verloren.

Shirley war es ähnlich wie ihm ergangen. Neben ihrem Studium hatte sie im Pflegebereich der gleichen Klinik wie Damian gearbeitet, und dort hatten sich die beiden auch kennengelernt. Bis zu diesem Abend waren sie sich immer nur in einem der Krankenhausflure und eher zufällig über den Weg gelaufen. Sie kannten sich also bloß vom Sehen, aber sie grüßten sich und wechselten manchmal auch kurz ein paar freundliche Worte.

Meistens allerdings lächelten sich Damian und Shirley im Vorübergehen lediglich zu. Damian eher verhalten, wie es seine Art war. Shirley offen und herausfordernd. Ihr lag schüchterne Zurückhaltung fern, und so unterhielten sie sich immer dann, wenn sie einen Anfang machte – vorwiegend übers Wetter.

So war es auch an jenem Tag gewesen: Damian war nach einem kurzem Small Talk in sein Labor gegangen, wobei er die Tür hinter sich stets mit deutlichem Nachdruck zu schließen pflegte. Er hatte hier ernsthaft zu arbeiten. Das Schild neben dem Eingang bot zusätzlichen Schutz, denn es untersagte allen Unbefugten den Zutritt in seine Räume.

Doch Shirleys fröhliches Lächeln und ihr freches Blinzeln hatten ihn wie immer irritiert. Dabei musste er sich doch auf seinen Job konzentrieren. Und auf die wichtige Seminararbeit in der nächsten Woche, die er keinesfalls vermasseln durfte. Von ihrem Ergebnis hing es ab, ob man ihm das ohnehin schmale Stipendium weitergewährte oder strich.

Damian fragte sich, wie jedes Mal nach einer solchen Begegnung mit Shirley, was dieses Mädchen eigentlich von ihm wollte. Denn sie wollte etwas, das spürte er deutlich. Auch er hatte sich schon oft überlegt, sie nach der Prüfungsphase mal ins Kino auszuführen. Und hinterher auf ein Bier in den nächsten Pub.

Vielleicht lehnte sie die Einladung ja auch ab, bei Mädchen ihres Schlages konnte man das nie wissen. Die waren so launisch, wie sie andererseits anziehend wirkten. Diese rothaarige Hexe war definitiv höllisch sexy. Damit kam sie zwar für eine Sache ganz sicher in Betracht, allerdings wollte Damian mehr von einem Mädchen als nur Sex. Er wünschte sich eine liebevolle Partnerin, mit der man durch dick und dünn gehen konnte. Aber der Spaß im Bett sollte natürlich auch nicht zu kurz kommen. Schließlich war Shirley eine bilderbuchmäßige Sexbombe! Damian konnte sie sich später mal gut in den oberen Geschäftsetagen vorstellen, wo sie die Herren in Nadelstreifenanzügen um den kleinen Finger wickeln und alles kriegen würde, wovon sie träumte.

Er musste auf der Hut sein. Er sollte sich besser nicht von ihr becircen lassen. Denn er ahnte durchaus, was mit ihm passieren könnte, würde er auch nur ein einziges Mal mit ihr schlafen.

Er hatte wie gesagt andere Pläne in seinem Leben – daran dachte er auch an diesem Abend, ehe er Shirley aus seinen Gedanken verbannte.

Die nächsten beiden Stunden arbeitete er hochkonzentriert an der Versuchsreihe weiter, die man ihm anvertraut hatte. Draußen wurde es allmählich dunkel, und es begann auch noch zu regnen. Das Labor leerte sich, und die übrigen Angestellten waren froh, sich auf den Weg in den verdienten Feierabend machen zu dürfen.

Damian bemerkte von alldem kaum etwas, so vertieft war er in seine Arbeit. Er wollte hiermit noch an diesem Abend fertig werden, die nächsten Tage würde er dann ganz der Prüfungsvorbereitung widmen.

So hörte er auch nicht, wie die Labortür leise geöffnet wurde, eine Gestalt im weißen Schutzkittel hereinkam und die Tür fast lautlos wieder hinter sich schloss.

Erst als sich von hinten ein warmer fester Körper an ihn schmiegte, fuhr Damian vor Schreck zusammen.

»Pst, ich bin es nur!«

Damian erkannte Shirleys Stimme auf Anhieb.

»Hast du mich vielleicht erschreckt! Was machst du denn hier?«

»Ich wollte zu dir, Damian White, was denkst du denn?«

Er hörte ihr leises Lachen, und im Nacken spürte er ihren heißen Atem – und prompt bekam er einen Ständer.

Sie drängte sich jetzt immer enger von hinten an ihn und legte ihm beide Arme um die Hüften. Ihre Hände machten sich vorne in Höhe der Beule, die unter seinem Laborkittel immer größer wurde, zu schaffen.

Damian hielt vor Schreck den Atem an und hoffte, dass sie sich gleich wieder zurückziehen würde: *Oh, ich sehe gerade, ich störe dich bei der Arbeit. Sorry, bin schon wieder weg …*

Aber das sollte ein frommer Wunschtraum bleiben. Denn es handelte sich hierbei immerhin um Shirley, die irische Wildkatze. Und die zog sich auch nicht aus einer Situation zurück, die sie gerade noch willentlich und wissentlich herbeigeführt hatte.

»Ich stelle fest, du freust dich über meinen Besuch, Süßer!«

»Shirley«, stöhnte er auf, als sie jetzt mit einer Hand langsam außen an seinem Laborkittel entlang und natürlich über die verräterische Beule strich. »Ich bin noch nicht fertig mit meiner Versuchsreihe.«

»Das macht nichts, das macht überhaupt nichts. Ein bisschen Entspannung zwischendurch wird deiner Arbeit nicht schaden, ganz im Gegenteil.«

Er spürte, wie sie mit ihrer feuchten Zungenspitze

zärtlich an seinem rechten Ohrläppchen zu lecken begann. Dabei blies Shirley ihm ihren heißen Atem auch noch in die empfindliche Ohrmuschel. Beides zusammen bescherte Damian zu seiner eigenen Überraschung eine angenehm kribbelnde Gänsehaut. Vom Nacken bis in die Zehenspitzen.

Sein Schwanz war inzwischen steinhart geworden und drückte fast schon schmerzhaft gegen den Reißverschluss seiner Hose.

Er unterdrückte gerade noch ein Stöhnen und biss sich rasch auf die Unterlippe. *Ich will dem hier nicht nachgeben, auf keinen Fall! Ich muss sie auf der Stelle rauswerfen!*, dachte er. Doch er wusste, dass es zu spät war, um Shirley einfach abzuschütteln und aus dem Labor zu bugsieren. Zu dieser Aktion hätte er sich sofort aufraffen müssen. Denn mittlerweile hatten ihn seine Hormone voll im Griff.

Shirleys geschickte Hand massierte gerade den immer mächtiger werdenden Schwanz durch die Stoffschichten hindurch. Wenn sie so weitermachte, würde er bald kommen.

Wenn ich schon komme, dann will ich das in ihrer Hand tun. Und damit gab Damian dann auch seiner Geilheit nach. Er drehte sich abrupt zu Shirley um.

Da standen sie sich nun gegenüber, so dicht voreinander, dass sich ihre Nasenspitzen beinahe berührten. Sie war tatsächlich fast so groß wie er, stellte Damian dabei überrascht fest. Dass Shirley lange, schlanke Beine hatte, hatte er längst mitbekommen, aber nicht, dass sie so groß war.

Ihr heißer Atem streifte verführerisch über seine

Lippen, und erneut gab er seinem Verlangen nach. Er konnte nicht anders. Er presste seinen Mund hastig und erregt auf den ihren, der diesen ersten Kuss bereits mit leicht geöffneten Lippen erwartete. Ihre Zungen fanden sich sofort zu einem leidenschaftlichen Tanz, und Shirley schnurrte leise dazu.

Ganz die irische Wildkatze, dachte er noch, unweigerlich amüsiert, ehe ihm das Denken endgültig und völlig abhanden kam.

Behände streifte Shirley ihm den Laborkittel ab. Der Reißverschluss seiner schwarzen Hose stellte kein wirkliches Hindernis dar. Shirley wusste ganz genau, was sie wollte. Und sie nahm es sich. Mit einer Hand griff sie beherzt hinein in seine Boxershorts, wo sein Schwanz aufrecht und stramm bereitstand, die pralle Kuppe ganz feucht von den ersten Lusttropfen. Prüfend strich Shirley mit ihrem Daumen über die Eichel, während sie Damian gleichzeitig immer weiter küsste.

Schon nach wenigen Minuten fürchtete er, jeden Moment zu kommen, und stöhnte in ihren Mund hinein: »Shirley, nicht!«

Aber sie gluckste bloß verhalten und stieß ihre kecke Zunge noch ein wenig tiefer in seine Kehle. So konnte er natürlich nichts mehr sagen, geschweige denn ernsthaft protestieren.

Ihre Hand trieb unterdessen ein neues neckisches Spielchen. Sie fuhr innen am Bund der Boxershorts und damit an Damians Bauch entlang langsam nach außen zur Hüfte. Und den gleichen Weg wieder zurück, bis sie erneut auf Damians hartes und wild pulsierendes Teil stieß.

Wieder rieb Shirleys Hand kräftig über die feuchte Kuppe, bevor sie schließlich darüber hinwegglitt. Dann fuhr sie auf der anderen Seite von Damians Schwanz innen zwischen Gummibündchen und nackter Haut entlang bis zur Hüfte und wieder zurück. So ging es einige Male hin und her.

Bei jeder Berührung Shirleys bebte sein ganzer Körper vor Erregung. Er wollte jetzt nur noch eins: seinen pulsierenden Prügel in Shirleys Hand schieben und darin kommen. Er brauchte Erlösung von dieser süßen Qual.

Damian spürte, wie sich seine Hoden bereits leicht zusammenzogen. Länger konnte er das Ganze nicht mehr hinauszögern. Da half nicht mal, an die bevorstehende Prüfung zu denken. Selbst deren Ergebnis war ihm im Moment so was von egal …

In diesem Moment allerdings ließ Shirley nun den Bund von Damians enger Boxershorts gegen Damians empfindliche Eichel schnippen. Das tat weh. Aber gleichzeitig verschärfte der Schmerz auch die Lust, die Damian bis tief ins Becken hinein spürte. Sein Atem stockte, während seine Erektion nochmals härter wurde. Sein Ständer tobte und zuckte, er war jetzt riesig.

Damian verlor nun wirklich die Beherrschung. Er packte Shirley und befreite sie ihm Nu von ihrem weißen Krankenhauskittel, der lange Ärmel besaß und bis zu den Knien reichte. Damian wollte Shirley sehen, sie spüren, riechen und vögeln.

Unter dem Kittel war sie bereits vollkommen nackt. Damian lachte kurz auf. Damit hatte er nicht im Mindesten gerechnet, umso erregender empfand er nun ihre zarte nackte Haut unter seinen Händen. Sein Schwanz begann erneut zu toben und bäumte sich jäh auf in Erwartung dessen, was da gleich auf ihn zukommen würde.

Prüfend fuhr Damian noch mit einem Finger durch Shirleys nasse Spalte, umkreiste die dicke Perle, liebkoste sie … Und Shirley stöhnte und warf den Kopf in den Nacken. An ihrem Hals verriet eine pulsierende Ader, wie erregt sie war. Damians Finger kam nass und glänzend aus ihrer Spalte wieder zum Vorschein.

Er lachte leise. »Du fühlst dich gut an. Du bist mächtig geil heute Abend, stimmt's? Deshalb also schleichst du hier herum und verbotenerweise sogar bis ins Labor. Ich fürchte, ich werde dich auf der Stelle hart bestrafen müssen, meine Süße! Mit meiner Rute hier. Denn du weißt ja schließlich selbst, was draußen auf dem Schild steht, oder etwa nicht?«

Sie lachte. »Red nicht drum herum, tu's einfach. Fick mich!«

Damit war alles gesagt, und Damian verlor augenblicklich seine letzten Skrupel. Er drängte Shirleys Beine so weit wie möglich mit seinen Händen auseinander und schob sich dazwischen. Zunächst nahm er nur seinen harten Schwanz in die Hand und fuhr damit außen an Shirleys Scham auf und ab. Die Eichel reagierte, und ein Lusttropfen quoll oben heraus. Shirley allerdings wurde ungeduldig, und sie seufzte laut auf. Ihre heftig pulsierende Möse wollte mehr, und zwar sofort.

»Na los, fick mich, Damian White!«

Sie saß splitternackt und mit weit gespreizten Schenkeln auf dem Labortisch und blickte ihn herausfordernd an. Dabei fuhr ihre Zungenspitze aufreizend über die geöffneten feuchten Lippen. Ihre großen festen Brüste streckten sich Damian entgegen. Die beiden Nippel waren steif und groß und rot wie Kirschen.

Damians Atem setzte bei dem Anblick einen Moment lang aus. Er konnte das Blut in den Ohren rauschen hören. Der Anblick dieser prallen, schönen Brüste entfachte ein wahres Höllenfeuer in seinen Lenden. Am liebsten hätte er sich auf Shirley gestürzt wie ein wildes Tier, aber da gab es noch ein Hindernis.

Hastig entledigte er sich seiner Hose und der Boxershorts. Damit war sein Schwanz endlich völlig frei und bereit zum Einsatz. Jetzt würde er ihn der irischen Hexe reinstecken und sie richtig durchnehmen.

Shirley schlang die Arme um Damians Nacken und rutschte mit dem Po auf der glatten Fläche des Labortisches weiter nach vorn. Ihre Möse war nun direkt vor Damians zuckender Schwanzspitze.

Als er erneut ihre weichen feuchten Schamlippen an der Eichel spürte, die sich dort an ihm rieben, holte er zum ersten wilden Stoß aus.

Er spürte, wie er augenblicklich vorankam, wie seine Schwanzspitze eintauchte in feuchtes, heißes Fleisch, das sich öffnete und Damians Erektion hineinließ.

Er drang tiefer in Shirleys nasse und enge Muschi, und während Damian sie langsam und zielstrebig aufspießte, stöhnte sie laut auf.

Jetzt hatte ihn die wilde und instinkthafte Seite seines Charakters voll im Griff. Es war dieselbe Seite, vor der er sich insgeheim gefürchtet und weswegen er Shirley noch nie um ein Rendezvous gebeten hatte. Er wusste damals schon rein instinktiv, dass dieser animalische Trieb in ihm steckte, aber wollte es nicht wirklich wahrhaben. Ihm erschien es zu gefährlich, so unberechenbar wie ein wildes Tier zu sein.

Und so setzte Damian einfach fort, was er gerade begonnen hatte. Er fickte sie, hart und wild, immerhin hatte sie das gleich mehrfach von ihm verlangt … Er spürte vorne an seiner Schwanzspitze den erregenden Druck eines Muskelrings. Nochmals ein kräftiger Stoß – und schon wurde sein Schwanz wieder fest umschlossen. Die feuchte, warme Enge nahm Damians tobenden Riemen auf und saugte ihn tiefer und tiefer hinein – bis zum Anschlag. Eine Woge der Lust ergriff Damian, und er keuchte auf.

Er stieß Shirley immer heftiger, dabei umfing er ihre Hüften mit den Händen und hielt sie fest, sonst wäre sie von seinen hämmernden Stößen auf dem blank polierten Labortisch nach hinten gerutscht. Am Ende wäre vielleicht noch sein Schwanz rausgerutscht, und das wollte er keinesfalls riskieren.

Während er sie kräftig und leidenschaftlich fickte, krallte sich Shirley mit beiden Händen in Damians lockigem Haarschopf fest. Sie keuchten und stöhnten beide. Zu schreien wagte keiner von ihnen, immerhin war es gut möglich, dass im Flur draußen gerade eine Krankenschwester auf ihrem abendlichen Rundgang vorbeikam.

Dann begann Shirley zu kommen. Damian spürte, wie sich ihr Becken zusammenzog. Nun hatte auch er keinen Grund mehr, sich zurückzuhalten.

Damian spritzte ab, tief in Shirley hinein ergoss er sich. Er vergrub das erhitzte Gesicht in Shirleys Halsbeuge.

Eine Weile verharrten sie reglos in dieser zärtlichen Haltung. Dermaßen eng ineinander verschlungen, konnten sie die Pulsschläge des jeweils anderen spüren.

Shirley war die Erste, die sich aus der innigen Umarmung löste, indem sie Damian von sich schob. Dann sprang sie vom Labortisch herunter, hob ihren Klinikkittel vom Fußboden auf und streifte ihn über. Noch während sie die Knöpfe schloss, sagte sie – wobei sie Damian den Rücken zukehrte: »Das heißt jetzt aber nicht, dass zwischen uns was Ernstes läuft, Damian White, verstanden? Wir haben nur ein bisschen Spaß miteinander. Das allerdings meinetwegen so lange wie …« An dieser Stelle hielt sie inne.

»Ja?«, sagte Damian, der gerade in seine Hose stieg.

»Na ja, solange es uns eben beiden Spaß macht«, ergänzte Shirley. Und damit huschte sie aus dem Labor.

Damian arbeitete anschließend weiter und beendete wie geplant seine Versuchsreihe.

Als er später in den Nieselregen hinaustrat, beschloss er, sich im nächsten Pub noch ein Bierchen zu gönnen. Zur Feier dieses doch recht ereignisreichen Studientages …

Weitere zehn Kniebeugen brachten Damian aus seinen Erinnerungen und in die Realität seines Münchner Hotelzimmers zurück. Jetzt fühlte er sich wach und fit genug, um unter die Dusche zu springen und dem Tag nebst Shirley die Stirn zu bieten. Außerdem wurde es höchste Zeit, das Taxi zum Flughafen zu bestellen.

2

Später im Flugzeug musste Damian an Clara denken. Die Tatsache, dass er von ihr geträumt hatte – sie beide zusammen, total erregt und aufgelöst –, verwirrte und ärgerte ihn zugleich.

Fang keine solch komplizierte Geschichte an, Damian!, ermahnte er sich, während die Geräusche der Triebwerke in seinen Ohren brummten. *Sie ist fest liiert. Und das ausgerechnet mit Carl Carlson.*

Er sah aus dem Fenster und beobachtete die vorüberziehenden Wolken, was ihn allerdings nicht auf Dauer abzulenken vermochte. Seine Gedanken wanderten unweigerlich zurück zum letzten Abend in der griechischen Taverne …

Claus saß bereits am vorbestellten Tisch, als Damian hereinkam und sich suchend im Lokal umschaute. Da hob Claus eine Hand und machte sich bemerkbar.

»Erwarten wir noch jemanden?«, erkundigte sich Damian, nachdem er seine Verabredung begrüßt und sich ihm gegenüber gesetzt hatte.

Claus folgte Damians Blick auf das dritte Gedeck am Tisch und nickte. »Noch eine junge Dame. Das macht Ihnen doch hoffentlich nichts aus, Damian, oder? Ich dachte, es wäre eine nette Idee. Clara wird nämlich in einer guten Woche dort unten bei Ihnen in Südafrika aufkreuzen. Zusammen mit ein paar unserer engsten Freunde. Im Ganzen sieben Leute. Ich selbst kann leider nicht mitkommen, weil ich nach Bolivien fliege. Ein größeres Projekt steht wieder mal an.«

An der Stelle horchte Damian auf. Eigentlich hatte er Claus heute Abend aus einem ganz bestimmten Grund und vor allem allein treffen wollen. Nur deswegen hatte er den Abstecher von Berlin nach München überhaupt eingeschoben und dafür extra seinen Flug nach London umgebucht. Wenn er heute Abend mit Claus Carlson handelseinig werden würde, erhöhte sich automatisch auch die Kreditsumme, die Shirley am folgenden Tag in London abzeichnen sollte.

Es ging um ein geschäftliches Angebot, das Damian Claus hatte unterbreiten wollen: Claus sollte einen mindestens fünfzehnminütigen Dokumentarfilm über das Wildreservat drehen, der vor allem die fast fertiggestellten neuen Gästebungalows und die geplante Photovoltaikanlage zeigen sollte. Damian schwebte ein schöner und zugleich informativer Werbeclip vor, der noch mehr zahlende Gäste in das Wildreservat locken sollte. Natürlich konnte Claus das Angebot ablehnen, einen solchen Werbefilm zu machen. Trotzdem wollte Damian es zumindest versucht haben, denn die Professionalität des Filmers hatte er während der Drehtage im Wildreservat sehr zu schätzen gelernt. Menschlich gesehen, fand er Claus Carlson nicht unbedingt sehr sympathisch. Aber Damian war Profi genug, um seine private Meinung, wenn nötig, hintanzustellen.

Hier ging es um weit wichtigere Dinge. Und dafür war Claus eindeutig die richtige Adresse.

»Bolivien?«, sagte Damian und beglückwünschte sich im Stillen zu seiner Umsicht, der er einen Plan B in der Rückhand verdankte. »Und worum geht es denn bei dem Projekt?«

Der Ober schenkte Retsina in ihre Gläser.

»Bergbau«, erwiderte Claus knapp und hob sein Glas.

Claus grinste erneut, während Damian rasch im Kopf seinen Plan B durchging: Morgen in London würde er Tom Hedgestone, einen alten Studienkollegen, anrufen und zu einem Treffen überreden. Tom hatte sich vor einigen Jahren ebenfalls aufs Filmen verlegt, wenn auch im populärwissenschaftlichen Bereich. Er war weder so bekannt noch so ausgelastet wie sein deutscher Kollege, aber er lieferte auch gute Arbeit und war vielleicht gern bereit, Damians Auftrag anzunehmen.

»In zehn Tagen geht's los«, erzählte Claus. »Ich freue mich, auch wenn ich deshalb auf den Abstecher in die südafrikanische Sonne verzichten muss. Was sagen Sie denn zu der derzeitigen Kälte hier in Deutschland, Damian? Es ist ein ganz schöner Schock, wenn man zu dieser Jahreszeit anreist, nicht wahr?«

Er lachte höflich. »Ich bin Engländer, uns kann das Wetter so leicht nicht schocken.«

Als Clara an ihren Tisch trat, verstummte Damian. »Ah, Clara! Unpünktlich wie so oft. Nimm Platz, meine Liebe. Wir haben mit der Bestellung unserer Gerichte extra noch gewartet. Ich habe Damian in der

Zwischenzeit übrigens schon mal vorgewarnt wegen der geballten Invasion, die ihr da vorhabt. Ein Glas Retsina?«

Clara nickte, sie wirkte verlegen und sah Damian nur kurz und scheu in die Augen, während sie ihm eine kalte, schmale Hand zur Begrüßung reichte. »Tut mir leid, draußen ist es ziemlich glatt auf den Gehwegen.«

Claus spöttischer Blick wanderte über Claras Körper, während sie zwischen den beiden Platz nahm.

»Du bist doch nicht etwa zu Fuß und auf diesen mörderischen Absätzen hergekommen?« Claus schüttelte missbilligend den Kopf.

»Doch, genau das bin ich!«, erwiderte sie mit Nachdruck. Dabei lächelte sie Damian nun doch an. Und dieses kleine süße Lächeln haute ihn einfach um. Nur noch wie aus weiter Ferne hörte er die Kneipengeräusche, Stimmen und Gelächter, das Klirren von Gläsern und Besteck. Obwohl er das alles dumpf wahrnahm, fühlte er sich seltsam abwesend, ja abgehoben. Als schwebe er momentan über der kleinen Szene am Tisch.

»Mal wieder volles Risiko heute Abend, meine Liebe, was? Na ja, immerhin sind es deine eigenen Knochen, die du riskierst. Allerdings hättest du wenigstens kurz durchklingeln können, wenn du uns schon warten lässt«, drang Claus' herablassender Tonfall an Damians Ohren.

Was bildet er sich ein? Wie redet er denn mit ihr? Und das wegen so einer kleinen Verspätung, höchstens einige Minuten!

Am liebsten hätte Damian über den Tisch gelangt und den Filmer am Kragen gepackt, um ihn ordentlich durchzuschütteln. Schon in Südafrika hatte sich Claus Carlson mit dieser arroganten Art bei ihm unbeliebt gemacht. Zwischenzeitlich hatte er Claus' unhöfliches Verhalten verdrängt, weil ihm andere Dinge so viel wichtiger erschienen … und es auch waren. Aber jetzt kam alles erneut hoch. Und vor allem mit Clara brauchte der Kerl nicht so herablassend umzuspringen!

Damian beschloss auf der Stelle, Clara zu Hilfe zu kommen und die Situation zu entschärfen.

»Haben Sie denn schon die Flugtickets nach Johannesburg?«, fragte er Clara und lächelte sie an. Ihre Blicke trafen sich.

Sie nickte mit vor Freude strahlenden Augen. »Ja, heute Nachmittag ist die Buchung bestätigt worden.«

»Wunderbar. Dann sehen wir uns ja bald schon wieder«, hörte er sich sagen.

»Ja, und ich kann es kaum erwarten.«

Eine feine Röte überzog Claras Wangen. Und hastig fügte sie hinzu: »Ich wollte immer schon nach Südafrika. Und als ich Claus' wunderbaren Film gesehen habe, da …« – sie brach ab, weil keiner der beiden Männer ihr wirklich zuzuhören schien.

Damian hatte bemerkt, wie Claus während seines Wortwechsels mit Clara zusammengezuckt war und von da an wachsam blieb. Auch als Damians und Claras Blicke sich immer wieder trafen, als gäbe es ein unsichtbares magnetisches Feld zwischen ihnen. Auch jetzt beobachtete Claus sie beide verstohlen. Er tat zwar so, als studiere er die Speisekarte, aber Damian war sich dennoch sicher, dass Claus jedes kleinste Detail mitbekam. Die Blicke und die Schwingungen und die magnetische Anziehungskraft.

Der Instinkt der Wildnis hatte Damian gelehrt, seine Beobachtungen ernst zu nehmen und seine Schlüsse daraus zu ziehen.

Claus liegt auf der Lauer wie ein hungriger Löwe. Er liebt es, Clara zu belauern. Und er genießt es, sie zu quälen. Aber er liebt sie nicht wirklich, sondern möchte nur seine Macht über sie ausüben. Er ist ein Kontrollfreak, der Clara als sein persönliches Eigentum betrachtet und vielleicht versuchen wird, sie zu vernichten, wenn sie ausbricht. Also sei vorsichtig, Damian!

Nach dem Abendessen – und etlichen Gläsern Retsina – verabschiedete sich Clara rasch draußen vor dem Lokal von den beiden Männern und wollte dann tatsächlich zu Fuß loslaufen. Damian lief Clara noch hinterher und bot ihr an, sie in seinem Taxi mitzunehmen. Ihm war aufgefallen, dass sie ein wenig unsicher auf den Beinen war. Es mochte am Retsina liegen, aber er vermutete eher, dass Claras Knöchel noch immer schmerzte. Sie hatte – nachdem Claus sich nochmals reichlich zynisch über ihre Verspätung ausgelassen hatte – kurz von ihrem kleinen Unfall auf dem Hinweg erzählt. Claus hatte Claras Schilderung unberührt gelassen, und er schien sie kurze Zeit später bereits wieder vergessen zu haben. Ganz im Gegensatz zu Damian.

Als Damian einen Arm um Claras Taille legte, um sie zu stützen, wiederholte er sein Angebot, mit ihr ein Taxi zu teilen. Clara sah ihn dankbar an und lehnte sich einen kurzen Moment lang an ihn. Aber schon machte sich Damians Schwanz selbstständig, er fuhr eindeutig auf Claras betörenden Körper ab, und Damian war froh, dass er eine relativ lange und vor allem dicke Daunenjacke trug. Clara schien in seinem Arm tatsächlich einige Sekunden lang zu zögern, und Damian fragte sich, ob sie ihre Meinung doch noch ändern würde.

Aber hinter ihnen befand sich ja ein gewisser Jemand, der ihnen in diesem Augenblick vermutlich Löcher in den Rücken starrte. Damian zumindest spürte deutlich Claus' bohrende Blicke. Und sicherlich ging es Clara nicht viel anders.

»Danke, sehr nett von Ihnen, Damian. Aber ich brauche frische Luft!«, sagte sie schließlich laut genug, damit auch Claus es hören konnte.

Clara löste sich schließlich auffallend sanft von Damian und ging langsam weiter. Damian blickte ihr nach.

Claus hatte mittlerweile aufgeschlossen und stand nun direkt neben Damian auf dem Bürgersteig. »Clara macht immer nur, was sie will, Damian! Daran gewöhnen Sie sich mal besser, mein Lieber! Wenn sie laufen will, dann läuft sie auch.«

Die Worte hallten durch die Nacht, und Clara konnte sie nicht überhört haben. Aber sie drehte sich nicht mehr um, sondern bog um die nächste Ecke.

»Sir, möchten Sie einen Drink?«

Die höfliche Stimme der Stewardess holte Damian zurück in die Gegenwart und auf seinen Fensterplatz.

Er bestellte ein Mineralwasser. Für Alkohol war es noch zu früh am Tag, außerdem schauderte ihn bereits beim bloßen Gedanken daran. Die Reste vom Vorabend wirkten noch nach.

Bereits einen Moment später war die Flugbegleiterin zurück an seinem Platz. »Bitte, Sir, Ihr Wasser. Darf es sonst noch etwas sein? Ein Kaffee vielleicht? Oder Tee?«

»Nein, danke, ich bin fast wunschlos glücklich.« Er sah ihr in die Augen, während er das sagte. Sie hielt seinem Blick stand. Damian war das »fast« nur so herausgerutscht, und er wunderte sich bereits über den verräterischen Versprecher. Wobei – sein Körper verlangte tatsächlich nach etwas anderem als Wasser! Damians Hormone waren seit gestern Abend ohnehin in Aufruhr, dann noch der heiße schlüpfrige Traum heute Morgen vor dem Aufwachen: Es war SEX, wonach ihn gelüstete. Immerhin war er auch bloß ein Mann und kein Heiliger. Und die Stewardess so verdammt sexy …

Die junge Frau lächelte und beugte sich zu ihm herunter. »Falls Sie noch einen anderen Wunsch haben, finden Sie mich in der hinteren Bordküche. Dort bin ich übrigens ganz allein mit den Getränken.«

Sie hatte einen auffallend hübschen runden Po. Das bemerkte er nun, als sie mit wiegenden Hüften den Gang hinunterlief. Ihm fiel es schwer, den Blick abzuwenden. Und das Ziehen in seinen Lenden wurde drängender.

Damian nippte an seinem Mineralwasser und schaute wieder aus dem Fenster, vor dem gerade imposante

Wolkenformationen vorüberzogen – eine davon wies starke Ähnlichkeiten mit einer liegenden nackten Frau auf. Damian musste grinsen und schüttelte über sich selbst den Kopf. Aber dann packte ihn ein dermaßen heißes Verlangen, dass er sich eine halbe Minute später bereits auf dem Weg in den hinteren Teil des Flugzeugs befand.

Die Stewardess hatte den Vorhang zugezogen, aber er hörte sie dahinter leise hantieren. Rasch schlüpfte er durch ihn hindurch zu der jungen Frau, die ihm den Rücken zuwandte. Damian drängte sich von hinten an sie und flüsterte ihr ins Ohr: »Ich habe da tatsächlich noch einen Wunsch.«

Sie gluckste leise, und Damian fühlte, wie sie ihren festen kleinen Hintern gegen die Beule in seiner Hose presste. »Wusste ich es doch!«

Hastig schob er ihren engen Rock nach oben. Und schon umfassten seine Hände die beiden prallen nackten Pobacken. Bei Damian setzte jegliches Denken aus, Lust übermannte ihn und riss ihn einfach mit. Sein Schwanz war ohnehin längst bereit. Damian holte ihn heraus, als sich die Stewardess einladend nach vorn beugte, ihm ihren Po aufreizend entgegenstreckte und sich mit beiden Händen an die Kabinenwand stützte.

Damian griff der jungen Frau von hinten zwischen die Beine – dort war alles bereits feucht und weich und einladend offen für ihn. Sie hatte es offenbar ebenso nötig wie er. Und sie hatten ja auch beide keine Zeit zu verlieren, jeden Moment konnten sie überrascht werden …

Jetzt spreizte sie die Beine noch ein wenig mehr und wackelte einladend mit den Hüften. »Komm schon, Süßer!«, raunte sie.

Er drang von hinten in sie ein, trieb seinen fast harten Schwanz tiefer hinein, bis er bis zum Anschlag in ihr war. Sie ließ die Hüften langsam kreisen, stöhnte unterdrückt dazu. Damian stieß sie kräftig mehrere Male, zog aber nach jedem Vordringen seinen Schaft heraus – um ihn dann sofort wieder hineinzutreiben. So massierte seine glühende Eichel die pochende Perle und den engen Muskelring gleich mit. Es dauerte nur eine Minute und die Stewardess begann am ganzen Körper zu beben. Damian spürte, wie ihre Möse sich eng um seinen Schwanz schloss, dann kam sie auch schon unter heftigen Kontraktionen. Damian stieß noch einmal tief in sie, ehe er sich stöhnend in ihr ergoss.

»Das war wunderbar«, sagte er wenig später, als er seinen Schwanz wieder in der Hose verstaute.

»Das Vergnügen war ganz meinerseits.« Die Stewardess kicherte und schob ihren Rock über die Hüften nach unten.

Damian kehrte an seinen Platz zurück und schnallte sich wieder an. Er musste grinsen. Der Quickie über den Wolken hatte erfolgreich die letzten Reste seines Katers vertrieben. Sex war tatsächlich ein Allheilmittel, zumindest gegen gewisse seelische Verkrampfungen half es zuverlässig. Damian dachte zwar erneut an Clara, die er nach wie vor begehrte. Aber er war jetzt besser in der Lage, ihren Beziehungsstatus zu akzeptieren. Denn Clara war gebunden – und das ausgerechnet an Claus Carlson, den Dokumentarfilmer, mit dem Damian es sich nicht verscherzen konnte.

Es wäre etwas anderes, wenn Clara sich aus freien Stücken zur Trennung entschließen würde … Halt, Damian, bleib auf dem Boden! Warum sollte sie das tun? Sie weiß nichts von deinen heimlichen Gedanken und Wünschen. Und offenbar liebt sie Claus, sonst würde sie sein ruppiges Benehmen nicht so klaglos akzeptieren …

Damian lehnte sich entspannt im Sitz zurück und schloss die Augen. Aber dann fiel ihm jener Abend in Südafrika wieder ein. Er hatte das Erlebnis eigentlich längst verdrängt gehabt, schließlich ging es ihn im Grunde nichts an. Er hatte es auch noch nie gemocht, seine Nase in das Privatleben anderer Leute zu stecken. Andererseits war inzwischen eine kleine Änderung der Umstände eingetreten: Clara! Irgendwie ging es dabei doch auch um sie, zumindest indirekt. Und nur deshalb ließ er es zu, jenen Abend noch einmal gedanklich Revue passieren zu lassen …

Es war kurz vor Weihnachten gewesen, als Damian sich zu Fuß auf den Weg ins Dorf machte. Dort wurde an jenem Tag eine größere Zeremonie vorbereitet, zu der ihn Zukhara, die Schamanin, eingeladen hatte.

Damian mochte Zukhara sehr, weshalb er sich überhaupt an diesem Tag zu einer halbherzigen Zusage hatte hinreißen lassen. Ansonsten ging er derartigen schamanischen Zeremonien lieber konsequent aus dem Weg. Der nüchterne Wissenschaftler in ihm sträubte sich dagegen. Aber es war nun einmal Zukhara gewesen, die ihn eingeladen hatte, das änderte die Sache.

Die dunkelhäutige Frau war eine wahre Schönheit, ihre Haut schimmerte wie Samt. Ihre weißen Zähne blitzten, und ihre dunklen Augen sprühten Feuer, wenn sie lachte. Und stolz und unabhängig wirkte sie, wie eine afrikanische Stammesfürstin. Obendrein war das Wildreservat auf die Hilfe der Schamanin des Öfteren angewiesen. Nicht nur, weil sie gut Englisch sprach und als Übersetzerin aushalf. Zukhara verstand auch eine ganze Menge von Löwen und deren Verhalten in der freien Wildbahn, ja, sie schien ein ganz besonderes Verhältnis zu den Großkatzen zu haben. Im Dorf hieß es, Zukhara verstehe die Sprache der Löwen und könne sich aus diesem Grund auch ungefährdet draußen im Busch und sogar mitten in einem Löwenrudel aufhalten. Jeder andere würde eine solche Begegnung wahrscheinlich nicht überleben, Zukhara jedoch schon. Manchmal schien es ihm, als besäße sie selbst die Stärke und den Mut einer erwachsenen Löwin …

Damian war zu früh dran an jenem Tag: Die Dämmerung hatte gerade erst eingesetzt, aber vor Einbruch der Dunkelheit würde nichts passieren. Daher schlenderte er langsam und in Gedanken versunken dem nördlichen Ende des Dorfes entgegen. Die Hände hatte er tief in den Hosentaschen vergraben.

Er erreichte schließlich die erste, etwas abseits gelegene Rundhütte, die mit einem gelben Strohdach bedeckt war. Er erinnerte sich auf Anhieb, dass dies das Heim Zukharas war. Doch kaum dass er vor der Hütte angelangt war, blieb Damian wie angewurzelt stehen: Aus ihrem Inneren drangen Geräusche, ziemlich eindeutige. Sex lag plötzlich in der immer noch heißen

Luft, ansonsten herrschte Stille. Sogar die Zikaden schwiegen einen Moment lang, dafür erklang das Stöhnen und Seufzen aus der Hütte umso lauter.

Ein Mann und eine Frau. Vereint im leidenschaftlichen und lautstarken Liebesspiel.

Die Frau schrie jetzt gellend auf vor Lust, der Mann rief dazu Worte, schmutzige, derbe Worte, soweit Damian es verstehen konnte. Dann stöhnte der heißblütige Liebhaber laut und hemmungslos. Im nächsten Moment herrschte wieder Stille, und das Zirpen der Zikaden hatte auch wieder eingesetzt.

Damian setzte sich nun wie ferngesteuert in Bewegung und schlich leise an die Hütte heran, umrundete sie, bis er endlich ein kleines Loch in der Lehmwand entdeckte. Er spähte ins Innere der Rundhütte. Zwei nackte Körper auf einem breiten, niedrigen Lager … Einer davon gehörte zu einer schönen Frau mit samtiger dunkler Haut, vollen Brüsten und weiblich gerundeten Hüften. Zwischen ihren Schenkeln war deutlich ein dunkles Dreieck zu erkennen. Gerade legte der nackte Mann neben Zukhara eine Hand zwischen ihre Schenkel. Genau dorthin, wo das dunkle Dreieck lockte. Dabei richtete der Liebhaber sich halb auf, um der Frau ins Gesicht zu sehen und sie dann zu küssen.

Und in diesem Augenblick erkannte Damian den Kerl: Claus Carlson.

Es war Claus, der dort drinnen gerade einen von Zukharas großen festen Nippeln in den Mund nahm, und gleichzeitig zwei Finger zwischen ihren Schenkeln verschwinden ließ. Zukhara stöhnte dazu laut und ungeniert und sichtlich erregt auf.

Als sich die Schamanin von ihrem Lager erhob und ihren schönen runden Leib auf Carlsons Schwanz herabsenkte, ging Damian weiter.

Hastig schlug er einen Bogen und dadurch einen etwas anderen Weg hinunter zum Dorfplatz ein. Er wollte keinesfalls von Zukhara überrascht werden, sie und sich selbst nicht in Verlegenheit bringen. Von Damian hatten die beiden nichts zu befürchten, er würde absolutes Stillschweigen bewahren. Am liebsten allerdings wäre er gar nicht erst ungewollt Zeuge ihrer heimlichen Affäre geworden. Denn instinktiv sorgte sich Damian um Zukhara. Diese schöne, stolze Frau war sicher nicht viel mehr als ein nettes Spielzeug für Claus, der schon bald wieder abreisen würde. Falls Claus Carlson ernsthaft an Zukhara interessiert gewesen wäre, dann hätten die beiden ihre Affäre ganz und gar nicht zu verstecken brauchen. Was sie aber taten, denn bis zum heutigen Tag hatte Damian nichts von dem intimen Verhältnis der beiden geahnt.

Und auch heute war seine Entdeckung dem puren Zufall geschuldet: Wäre Damian nicht viel zu früh aufgebrochen, er hätte den direkten Weg ins Dorf genommen wie sonst auch. An Zukharas Hütte kam man eigentlich nur dann vorbei, wenn man tatsächlich zu ihr wollte – oder bewusst einen Umweg in Kauf nahm wie er heute. Hätte er sich doch nur an die Verabredung gehalten! Er schritt schneller aus. Bloß weg von hier …

Bald darauf hörte er jedoch schnelle, leichtfüßige Schritte hinter sich, und dann holte Zukhara ihn auch schon ein.

»Willkommen im Dorf, Damian!«

»Danke für die Einladung, Zukhara.«

Sie lachte leise und unbekümmert und machte sich offenbar keinerlei Gedanken darüber, aus welcher Richtung Damian gekommen sein mochte. Er atmete auf, während er Zukhara verstohlen von der Seite musterte. Ihr schönes Gesicht sprach Bände. Die großen braunen Augen glänzten vor Glück, die ohnehin samtige Haut trug diesen warmen sexy Schimmer ... Und auch dieses innerliche Leuchten ging von Zukhara aus. Es war das Leuchten einer gut gevögelten Frau. Einer Frau, die momentan sexuell befriedigt und deshalb glücklich war. Wie eine satte Katze.

Den Rest des Fluges bis zur Landung in London verschlief Damian. Als er das Flugzeug verließ, schenkte ihm die Stewardess am Ausgang noch ein verschwörerisches Lächeln.

3

Es war Mittagszeit, und die Restaurants, Cafés und Pubs in der Londoner Innenstadt voll mit Geschäftsleuten aus den umliegenden Büros. Sie hatten sich in ihrem einstigen Lieblings-Pub in der Nähe von Harrods verabredet. Damian traf mit dem Taxi vom Flughafen Heathrow kommend zuerst ein und fand im hinteren und ruhigeren Bereich des Lokals in einer kleinen Nische einen gemütlichen Fensterplatz für zwei.

Damian war sich bewusst, wie deutlich diese Tischwahl einen intimen Charakter ausstrahlte. Und eigentlich wollte er Shirley keinen Anlass zu der Hoffnung geben, ihre jahrelange Affäre ließe sich anlässlich ihres heutigen Treffens vielleicht doch wieder auffrischen. Er verspürte nicht die geringste Lust, die Rolle des genügsamen Liebhabers zu spielen und sich Shirleys Launen unterzuordnen. Das konnte gern der Gatte der irischen Wildkatze übernehmen. Er ließ sich daher etwas widerwillig auf einem der Stühle nieder, dabei fiel ihm wieder jene Karte mit der Heiratsanzeige ein, die Shirley ihm vor zwei Jahren geschickt hatte: *Als Frischvermählte grüßen Shirley und Gabriel Malcolm!* Darunter hatte Shirley in ihrer zierlichen Handschrift einige persönliche Worte angefügt:

Liebster Damian,
das soll jetzt aber nicht heißen, dass zwischen uns alles vorüber ist. Ich habe lediglich ein sicheres Nest gesucht und gefunden, und Du darfst Deine kostbare Freiheit behalten … Aber ich will und werde Dich auch weiterhin noch sehen! Als Liebhaber bist Du unübertroffen. Und auch sonst. Du fehlst mir, Liebling …
Shirley

Die Karte hatte Damian in Südafrika erreicht. Er schickte damals lediglich eine vorgedruckte Glückwunschkarte nach London und verzichtete dabei auf einen handschriftlichen Zusatz. Auch Shirleys »Angebot« ließ er unkommentiert. Sie hatten sich seitdem ohnehin nicht mehr gesehen und nur einige wenige E-Mails miteinander ausgetauscht. Und einmal miteinander telefoniert. Weil Shirley bei Damian anrief, nicht etwa umgekehrt. Am Telefon hatte er ihr dann auch erklärt, dass zwischen ihm und ihr nichts mehr laufen würde …

Damian seufzte jetzt leise und griff nach der Speisekarte. Er konnte nur hoffen, dass Shirley nicht auf Rache aus war, sondern sich heute wie eine Freundin verhielt und ihm half.

In diesem Augenblick brachte ein Kellner sie an Damians Tisch. Shirley sah phantastisch aus: Sie trug ein enges, tomatenrotes Kostüm, und ihre Augen blitzten so lebendig wie eh und je.

Damian stand höflich auf, um sie zu begrüßen. Er küsste Shirley auf beide Wangen und bemerkte sofort, dass sie immer noch seinen Lieblingsduft benutzte. Irgendwann vor vielen Jahren einmal hatte er ihr während eines heimlichen Liebestrips ein Fläschchen davon in Paris gekauft.

Jetzt, wo er den Duft wieder roch, kam auch prompt die Erinnerung zurück …

Nur ein verlängertes Wochenende hatte dieser Ausflug nach Paris damals gedauert, und während der drei Tage hatten sie beide kaum Schlaf abbekommen. Schuld daran waren nicht etwa die Sehenswürdigkeiten der Stadt, sondern das riesige und leider auch ziemlich laut quietschende Bett in dieser billigen Absteige, die in der Nähe von Montmartre lag. Für ein besseres Quartier hatte die Reisekasse nicht ausgereicht, aber es hatte ihnen beiden nichts ausgemacht.

Das Zimmer selbst war nicht viel größer als das Bett, was Shirley sogleich kichernd zu der Vermutung hinriss, die kleine Pension werde außerhalb der sommerlichen Hauptsaison als Stundenhotel von den zahlreichen Prostituierten in dieser Gegend genutzt. Daraufhin begannen sie und Damian sich sofort gegenseitig kleine schmutzige Geschichten zu erzählen: Wer hier drinnen mit wem schon was und in welchen ausgefallenen Stellungen getrieben haben mochte. Diese Storys törnten sie beide prompt mächtig an.

Schließlich raunte Shirley Damian ins Ohr: »An diesem Wochenende werde ich dir beweisen, was für eine kleine versaute Nutte ich sein kann. Nur für den Fall, dass du das noch nicht bemerkt haben solltest.«

Damian ließ sich das nicht zweimal sagen. Er zog ihr den Slip unter dem kurzen Rock herunter, den Rock wiederum schob er ihr über ihre Hüften. Dann legte er *die kleine Nutte* zunächst einmal über seine Knie. Sexy und einladend ragte ihr süßer Apfel-Po in die Luft, da konnte sich Damian dann natürlich nicht mehr zurückhalten.

Mit der rechten Hand verpasste er ihrem knackigem Hinterteil kräftige Schläge. So lange, bis sie zappelte und bettelte und keuchte und die Pobacken sich sichtlich röteten. Prüfend fuhr Damian dann mit zwei Fingern in Shirleys nasse Spalte.

»Du bist ja klitschnass, du freches geiles Ding!«

»Was denkst du denn! Lass mich sofort runter, Damian White. Ich will deinen Schwanz endlich tief in mir spüren.«

Doch er dachte gar nicht daran, ihr den Wunsch auf der Stelle zu erfüllen, und so strampelte Shirley ein Weilchen auf Damians Schoß herum, weil er das so wollte. Dabei war sein Schwanz längst hart und bereit, sie zu nehmen. Aber Damian liebte es, das Vorspiel durch raffinierte Tricks und Kniffe in die Länge zu ziehen. So lange, bis er und Shirley völlig verrückt und unglaublich heiß aufeinander waren.

Damian liebte es, Shirley zu riechen, zu lecken und zu schmecken. Er genoss es, sie mit seinen sämtlichen Sinnen zu erkunden, ehe er in sie eindrang und der Lust freien Lauf ließ.

Erst einige Jahre später sollte er erkennen, dass solch lange Vorspiele starke Anzeichen für durchaus vorhandene Liebesgefühle sind. Ging es ihm nämlich bei einer Frau lediglich um bloßen Sex, so war der schnellstmögliche direkte Weg zum Orgasmus das alleinige Ziel. Aber um dies zu erkennen, musste Damian zuerst noch einige Jahre, diverse One-Night-Stands und mehrere Kurzaffären hinter sich bringen.

Damals, an diesem Wochenende in Paris, wusste er jedenfalls vieles noch nicht. Da glaubte er noch, die körperliche Seite der Liebe wäre eben immer so … großartig und himmelstürmend. So heiß, so feucht, so schmutzig und gleichzeitig doch auch wieder so unschuldig.

»Lauschiges Plätzchen, Mr. White. Gut gewählt!«

Shirleys helles Lachen riss ihn aus seiner kleinen gedanklichen Reise in ihre gemeinsame Vergangenheit.

Sie nahm ihm gegenüber Platz. Unter dem Tisch berührten sich ihre Knie. Damian ahnte zwar, dass Shirley das durchaus absichtlich tat, konnte aber nichts dagegen unternehmen, denn so viel Beinfreiheit gestattete der Tisch in der Fensternische nicht. Dieser Umstand war Damian vorher entgangen, da es ihm viel wichtiger war, einen Platz zu wählen, wo keine heimlichen Lauscher zu befürchten waren. Jetzt war es zu natürlich zu spät, um den Tisch zu wechseln.

Er musterte Shirley einen Augenblick lang. Sie war schlank wie eh und je, mit vollen, festen Brüsten, an deren Berührung sich Damian auch jetzt noch erinnern konnte. Das war eine durchaus angenehme Erinnerung, daran gab es nichts zu rütteln.

Und Damians Schwanz begann sich sogleich spürbar zu regen. Rasch griff Damian nach der zweiten Speisekarte in dem kleinen silbernen Halter am Tisch und überreichte sie Shirley, die sie lächelnd entgegennahm.

Die lockigen langen Haare trug Shirley heute hochgesteckt, nur seitlich und auf der Stirn ringelten sich einige freche rotblonde Strähnen. Die großen Augen mit den langen dichten Wimpern schimmerten grüner denn je. *Irische Hexe* hatte er sie oft genannt, und das passte immer noch gut zu ihr.

»Ich wollte sicherstellen, dass wir ungestört reden können, Shirl!« Damian räusperte sich. »Deswegen habe ich diesen Platz gewählt, obwohl es für meinen Geschmack etwas eng hier ist in der Nische. Sei's drum, mein heutiger Besuch in London ist rein geschäftlich, das habe ich in meiner E-Mail ja bereits angedeutet.«

Während er weiterredete, lächelte sie undurchdringlich, was wiederum alles Mögliche heißen konnte bei Shirley. Damian fragte sich gerade insgeheim, wie er sein wichtigstes Anliegen am geschicktesten platzieren konnte, als Shirley zum Direktangriff überging.

Er spürte, wie sie unter dem Tisch ein seidenbestrumpftes Bein auf seine Knie legte. Und nur einen kurzen Augenblick später stupste ihr zierlicher Fuß bereits prüfend gegen Damians Hosenschlitz. Dabei sah sie ihm über den Tisch hinweg mit dem gewinnenden Lächeln, das er nur zu gut kannte, in die Augen. Früher hatte sie ihn damit stets und allzu leicht herumgekriegt. Aber die Zeiten hatten sich geändert. Obwohl die Beule in Damians Hose durchaus auch heute wieder heranwuchs, hatte es nicht mehr wirklich dasselbe zu bedeuten wie einst. Diese spontane Reaktion seinerseits war lediglich der äußeren Stimulation zuzuschreiben. Gegen seinen Körper konnte und wollte er nichts machen, seinen Geist allerdings konnte er lenken.

Damian erwiderte Shirleys verführerisches Lächeln mit einem ernsten Blick, der seine Wirkung nicht verfehlte. Shirley zog ihren Fuß zurück, nahm dann als Nächstes auch das Bein von seinen Knien.

»Wer ist sie?«

Damian lächelte nun, es geschah unwillkürlich, hatte er doch verdrängt gehabt, wie gut Shirley ihn kannte. Ihrer einmaligen Menschenkenntnis entging so leicht nichts.

»Ist das wirklich wichtig, Shirl? Berichte du doch einmal aus deinem Leben. Wie ist dein Mann denn so? Gabriel heißt er, nicht wahr?«

»Gabriel ist wie ein Vater für mich. Großzügig, fürsorglich. Wohlhabend. Aus guter Familie. Und fünfundzwanzig Jahre älter. Aus seiner ersten Ehe hat er drei erwachsene Kinder und eine Sterilisation in unsere Ehe mitgebracht. So, nun weißt du alles Wichtige, Damian!«

»Du hast also damit aufgehört, Liebe und Sex zu verwechseln. Bravo, Shirl.«

»Soll das vielleicht ein Scherz sein? Eine solche

Verwechslung hat es nie gegeben. Und im Übrigen brauchte ich beides in unserem Fall sowieso nicht zu trennen. Wusstest du das tatsächlich nicht, Damian White?«

Nein, das hatte er in der Tat nicht gewusst. Nicht einmal vermutet. Sie war äußerst geschickt gewesen, ihre Liebe – sofern es sich tatsächlich um eine solche handelte – vor ihm zu verbergen. Oder war er tatsächlich so blind gewesen? Aber warum hatte sie nach ihrem ersten gemeinsamen Mal diese verhängnisvollen Worte ausgesprochen, ehe sie aus dem Labor gehuscht war? Jahrelang hatte er sich dadurch in gewisser Weise zurückgewiesen gefühlt. Warum nur hatte sie das getan? Um ihn zu verwirren, zu testen, herauszufordern? Wie auch immer: Es war zu spät, und es war vorbei. Für ihn definitiv. Sie selbst hatte die Entscheidung am Tage ihrer Hochzeit mit Gabriel Malcolm endgültig gefällt.

»Das Leben geht weiter, Shirl. Ich hoffe sehr, dass du und Gabriel … Also, ihr seid doch glücklich miteinander.«

Er betonte absichtlich die letzten Worte.

»Ich will ein Kind von dir, Damian!«

Er blieb völlig ruhig und warf einen konzentrierten Blick in seine Speisekarte, die vor ihm auf dem Tisch lag.

»Ich glaube, das ist keine gute Idee. Wieso ausgerechnet von mir?«

»Weil du einmal der einzige Mann warst, mit dem zusammen ich mir so etwas überhaupt vorstellen konnte. Weil meine biologische Uhr tickt. Und weil Gabriel – ich erwähnte es bereits – vor zwanzig Jahren eine Vasektomie hat vornehmen lassen, um seine Familienplanung endgültig abzuschließen. Und weil du über sämtliche Eigenschaften verfügst, die ich mir für mein Kind wünschen kann: gutes Aussehen, passende Körpergröße, herausragende Intelligenz. Gentechnisch betrachtet, bist du ein wahrer Volltreffer. Das brauche ich dir sicherlich nicht zu sagen, denn du weißt es.«

Damian sah ihr jetzt in die Augen, dann schüttelte er langsam den Kopf. »Tut mir leid, aber darauf kann und will ich mich nicht einlassen. Versteh das bitte! Und lass uns doch einfach die wunderbaren gemeinsamen Erinnerungen, so wie sie sind. Okay?«

Erneut überraschte ihn Shirley. Sie zeigte keine Reaktion, wechselte vielmehr das Thema, indem sie sich nun ihrerseits in die Speisekarte vertiefte, ehe sie verkündete: »Okay, ich habe Hunger. Lass uns bestellen. Und dann erzählst du mir, was ich für dich tun kann.«

»Vielen Dank für dein Verständnis. Du bist wunderbar, schon immer gewesen.«

»Freu dich nicht zu früh, mein Lieber! Ich habe nichts darüber gesagt, ob ich nicht eines Tages doch noch eine Gegenleistung von dir einfordern werde. So läuft das nämlich immer noch im Geschäftsleben, musst du wissen. Eine Hand wäscht die andere. Früher oder später wenigstens.«

Er musste grinsen, weil sie ihn mit ihrer Andeutung, die er durchaus richtig einzuschätzen wusste, verlegen machte. So leicht gab eine Frau wie Shirley nicht auf.

Schnell senkte er den Blick wieder auf die Speisekarte. »Ich nehme das Steak mit Salat.«

Unter dem Tisch machte sich erneut ihr zierlicher Fuß an seinem Hosenschlitz zu schaffen. Dazu seufzte Shirley leise, ehe sie raunte: »Was für eine Verschwendung. Und doppelt schade, denn ausgerechnet heute hätte ich zufällig einmal genug Zeit gehabt für eine längere Mittagspause.« Ihr voller roter Mund war leicht geöffnet, während sie Damian verführerisch anlächelte. Die Lippen schimmerten feucht von der rosafarbenen Zungenspitze, die eben noch lasziv über ihren Mund hinweggestrichen war. Zuerst unten, dann oben.

Damian sah das alles, und sein Schwanz reagierte auch dieses Mal wieder.

Seine Gesichtszüge allerdings hatte er im Griff. Er warf dennoch einen längeren Blick aus dem Fenster und tat so, als beobachte er interessiert die vorübergehenden Passanten.

O ja, Shirley hatte es drauf. Sie wusste immer noch genau, wie sie ihn herumkriegen konnte, wenn sie es darauf anlegte.

Er fühlte sich wieder wie ein Student, noch grün hinter den Ohren, aber dafür spitz wie … *Himmel, was trieb sie denn jetzt schon wieder?!*

Ihre beweglichen Zehen spielten auf der wachsenden Ausbuchtung in Damians Hose. Also sah er Shirl streng an, schüttelte den Kopf und seufzte. Allerdings klang dieser Seufzer ein klein wenig bedauernd, was ihr wiederum ein triumphierendes Lächeln entlockte. Er war immer noch nicht völlig immun gegen ihre Reize, und sie wussten es beide.

»Ich nehme wie immer und so auch heute das Gleiche wie du. Steak und Salat!«, verkündete Shirley munter. »Nichts hat sich verändert, wie du siehst, Damian White. Jedenfalls nicht bei mir!«

Teil 3

CLARA

1

Meine Zelt-Suite war ein Traum in Weiß und Gold, allerdings war dieser Traum für ein verliebtes Pärchen entworfen und eingerichtet worden. Dass ich allein dieses Luxuszelt zur Verfügung hatte, kam mir aber gerade recht. Grinsend packte ich meinen Koffer weiter aus. Nebenher warf ich immer mal wieder einen Blick in die Empfangsbroschüre, die aufgeschlagen auf dem riesigen Bett lag. Dort stand, dass das »Wild Safari Camp«, das sich ganz in der Nähe des Krüger-Nationalparks befand, über insgesamt fünf geräumige Zelt-Suiten verfügte, die Platz für maximal zehn Personen boten. Von hier aus konnten dann Safaritouren in offenen Geländewagen unternommen werden, die professionelle Ranger und Spurenleser begleiteten.

Und mein Herz begann plötzlich wie wild zu schlagen.

Damian! Du musst mich da rausbegleiten und mir Nashörner, Elefanten, Büffel, Leoparden und Löwen zeigen. Deshalb bin ich doch hier. Swimmingpool und Lounge sind zwar nett, aber auf diesen Schnickschnack verzichte ich gerne. Und wer braucht im afrikanischen Busch schon Fernseher und Radio? Ich jedenfalls nicht. Was ich brauche, sind schweißtreibende Nächte unter freiem Himmel in den Armen eines nach Wildnis und Abenteuer riechenden Wildhüters …

Auf der letzten Seite der Broschüre tauchte dann endlich auch sein Name auf: *Dr. Damian White, Biologe und wissenschaftlicher Leiter des Camps.*

Mir war mit einem Mal ungemein heiß, ich brauchte dringend eine kleine Abkühlung. Na ja, die zwei Swimmingpools auf dem Gelände waren vielleicht doch gar nicht so überflüssig. Ich schnappte mir ein großes Badetuch und machte mich auf den Weg.

»Clara-Mäuschen, wo steckst du denn? Komm schon, antworte! Ich weiß doch, dass du irgendwo hier draußen abhängst!«

Das war Myriam.

Ich zögerte, denn eigentlich war ich nicht erpicht darauf, meine kleine Siesta im Swimmingpool zu unterbrechen. Es war so herrlich entspannend, im Wasser zu treiben und einfach mal nichts zu tun. Außerdem steckte mir der elfstündige Flug nach Johannesburg noch in den Knochen. Als ich vorsichtig die Augen öffnete, flimmerte es unangenehm. Zu viel Sonnenlicht vermutlich! Was, wenn jetzt plötzlich mein Kreislauf schlapp machte? Im schlimmsten aller Fälle konnte dies einen frühen Tod durch Ertrinken bedeuten. Leise Panik überfiel mich. Ich wollte Myriam nun doch antworten, aber meine Stimmbänder gehorchten nicht. Vielleicht eine Folge der trockenen Luft im Flugzeug. Ich versuchte es noch mal, aber ich kriegte keinen Ton heraus.

Außerdem stellte sich mir schon eine andere drängende Frage: Wollte ich wirklich ausgerechnet von Myriam gerettet werden? Spontane Antwort von tief drinnen: *Für den ersten Urlaubstag würde mir ein etwas anderes Szenario vorschweben.*

Ehrlich gesagt, hoffte ich doch im Notfall vielmehr auf das beherzte Eingreifen eines gewissen charmanten Engländers, dessen blaue Augen und aufreizend knackiger Po mir seit vorhin nicht mehr aus dem Kopf gingen.

Und wenn ich es mir schon aussuchen durfte, sollte die Rettungsaktion bitteschön genauso ablaufen wie in einem Liebesfilm. Ich sah alles schon richtig plastisch vor mir, sämtliche wunderbar romantische Details. Und stopp, die Szene war im Kasten! Keine Frage: Myriam kam darin nicht vor, vielmehr wirkte ihre Anwesenheit in der Nähe des Pools derzeit extrem störend.

Ich musste mir rasch etwas einfallen lassen, denn die Rettungsszene an sich war so gut, an der wollte ich unbedingt festhalten. Und wenn ich dafür extra ein paar Whisky trinken müsste, um mich danach erneut in den Pool zu stürzen. In einem solchen Fall würde mein Kreislauf nämlich ganz sicher schlapp machen. Größere Mengen Alkohol in Verbindung mit starker Sonneneinstrahlung hatte ich noch nie vertragen. Es würde hundertprozentig klappen. Mein neuer Plan war sozusagen *todsicher*.

Natürlich schien dieser Ablauf etwas kompliziert, aber für mich stand schließlich so einiges auf dem Spiel. Entsprechend groß musste eben auch der Einsatz ausfallen. Schon vor der Abreise nach Südafrika hatte ich eine kleine innerliche Bestandsaufnahme gewagt, bei der ich endlich einmal vollkommen ehrlich zu mir selbst gewesen war … Dabei hatte ich zwei grundsätzliche Dinge herausgefunden:

Tatsache Nummer 1: Ich war richtig heiß auf Damian White.

Tatsache Nummer 2: Es ging mir dabei um mehr als bloß um Sex. Mich interessierte der ganze Mann. Brennend. Ich wollte Gefühle. Und Leidenschaft. Und guten Sex natürlich auch. Kurzum: Ich wollte alles.

Vielleicht fiel mir auch gleich noch etwas Besseres ein als diese spontane Idee mit dem Badeunfall, aber dazu brauchte ich Zeit zum Nachdenken. Und Ruhe, vor allem Ruhe!

Wieso trieb Myriam sich überhaupt hier draußen in der nachmittäglichen Hitze herum? Konnte sie sich nicht mit Gunter die Zeit vertreiben?

Ich kniff die Augen ganz fest zu und ließ meinen Kopf nach hinten sinken, bis meine beiden Ohren gänzlich unter die Wasseroberfläche gerieten. Dieser Trick funktionierte ganz ähnlich wie ein Schalldämpfer – ich hörte zwar immer noch etwas, aber sehr gedämpft und wie aus weiter Ferne. Und nun konnte ich wiederum so tun, als ginge mich Myriams Rufen gar nichts an.

Hinter meinen fest geschlossenen Augenlidern tanzten lustig wirbelnde hellgelbe Flecken und viele klitzekleine schwarze Punkte herum.

Mein Körper fühlte sich angenehm träge und lebendig zugleich an, während ich völlig geräuschlos auf der Wasseroberfläche trieb. Ich hätte stundenlang einfach immer weiter so auf dem Wasser liegen können, wie ein Käfer in Rückenlage.

Allmählich entspannte ich mich auch wieder, obwohl Myriams Stimme immer noch lockend nach mir rief, aus weiter Ferne …

Gestern um diese Zeit hatten wir noch alle im Flugzeug gesessen. Die lange Anreise hatte mich körperlich ausgepowert, aber jetzt und hier im Pool begannen sich die Strapazen zunehmend aufzulösen. Nur noch ein wenig mehr Ruhe und vor allem kostbare Zeit für mich selbst, dann wäre ich endgültig angekommen.

Südafrika und ich … Eine Liebe auf den ersten Blick, phantasierte ich munter weiter. *Afrika, mon amour.*

Ich drehte mich ganz vorsichtig auf den Bauch und tauchte hinunter auf den blau bemalten Grund des Swimmingpools.

Falls Myriam ihre Blicke gerade jetzt über die Wasseroberfläche gleiten ließ, würde sie mich jedenfalls nicht entdecken.

Ich hatte vor dem Abtauchen noch reichlich Luft geholt, so konnte ich auch länger hier unten verweilen, ohne entdeckt zu werden. Ich wollte mich nicht von meinen Freunden in Beschlag nehmen lassen. Nicht ausgerechnet heute, nicht am ersten Tag. Alles, wonach ich mich momentan sehnte, war ausschlafen, zur Ruhe kommen, die Seele baumeln lassen und mich in meinem eigenen Tempo auf Afrika langsam einzustimmen. Und alles andere. Hierfür hatte ich mir selbst einen ganzen Tag zugestanden, der nur mir alleine gehören sollte.

Die anderen – Myriam und Gunter, Axel und Sole,

Ann-Kathrin und Michael – wussten von meinem Wunsch und hatten noch während des Flugs brav versprochen, ihn zu akzeptieren. Myriam und Gunter waren sogar in freundschaftlicher Solidarität übereingekommen, es mir gleichzutun.

Die restlichen vier Mitglieder unserer Clique wollten zuerst mal schauen, wie sie sich so fühlten und wonach ihnen so war … am ersten Tag im Wild Safari Camp.

Wie es schien, kam Myriam mit der ungewohnten Ruhe hier noch nicht zurecht. Sie suchte offenbar dringend nach einer Gesprächspartnerin, um die Zeit totzuschlagen. Und wer kam dafür normalerweise in Betracht? Ich, na klar!

Ach, Myriam, strapaziere bitte unsere Freundschaft nicht zu sehr, hörst du? Ich genieße dein Vertrauen, aber es ist eine Sache, mir davon zu berichten, wie Gunter und du neulich Sex auf diesem Ball im Bayerischen Hof hattet. Und das unter einem der Tische mitten im Ballsaal. Nur, weil ihr einmal testen wolltet, ob das überhaupt möglich ist und auch noch Spaß macht, so in der Öffentlichkeit. Also diese frivole Beichte habe ich mir gerne und wohlwollend angehört und auch vergnügt an den besonders pikanten Stellen mitgekichert.

Aber es ist eine ganz andere Sache, liebste Myriam, mich jetzt gerade mitten aus der heiligen Ruhe meines ersten Urlaubstages in Südafrika reißen zu wollen! Ich will mich erholen und nach dem Schwimmen ruhig in der Sonne vor mich hin dösen. Ich will auch Kräfte sammeln für die Zeit nach diesem Urlaub, damit ich mich von Claus trennen und endlich meine Diplomarbeit in Angriff nehmen kann. Sowohl Trennungen als auch Abschlussarbeiten brauchen Kraft, viel Kraft. Und genau die will ich mir hier holen. Und einen umwerfenden Wildhüter gleich noch dazu … Heißt es nicht, dass leidenschaftlicher Sex gut ist für Körper und Geist?

Ich tauchte kurz auf und sah, dass Myriam verschwunden war. Wenn ich daran dachte, dass sie und Gunter es auf dem Faschingsball unter all den anderen Gästen miteinander getrieben hatten. Ich sah es regelrecht vor mir:

Gunter schiebt ihr das enge Abendkleid über Knie, Schenkel und Hüften nach oben. Sie knöpft seine Hosen auf, und sein dicker erigierter Schwanz springt ihr direkt in die Hand. Myriam reibt den Schaft ein Weilchen und verwöhnt auch die rosige, pralle Eichel gleich mit, während Gunters Prügel vor Wonne in ihrer Hand zuckt. Aber jetzt will meine sexhungrige Freundin endlich mehr, sie will ihn in ihrer nassen rasierten Möse spüren. Sie macht ihre Beine ganz breit, ich kann sehen, wie sich ihre Muschi öffnet wie eine Frucht. Und Gunters Schwanz wird noch steifer und größer, als er sich in dem lockenden Spalt zwischen Myriams glänzenden Schamlippen versenkt. Immer tiefer schiebt Gunter seinen Schaft hinein, bis nichts mehr von ihm zu sehen ist. Myriam keucht mit geschlossenen Augen, und Gunter beginnt, sie hart und immer härter zu stoßen. Plötzlich zucken beide heftig, umklammern sich, Gunter stößt ein letztes Mal, dann ist es vorbei.

Versteckt in meinem Bikinihöschen bearbeiteten zwei Finger meine Möse, fuhren ein und aus, bis es mir fast zeitgleich mit Gunter und Myriam kam.

Triefend kletterte ich aus dem Pool, schnappte mir das Badelaken von einer Liege, schlang es mir um und lief dann so schnell ich konnte hinüber in mein schnuckeliges Safari-Zelt. Es stand – was mir sehr gelegen kam – etwas abseits auf dem Camp-Gelände.

Mein Honeymoon-Zelt war eigentlich den Flitterwöchnern unter den Gästen des Ressorts vorbehalten, was wohl auch die abseitige Lage im Camp erklärte … Ich seufzte, denn eben sah ich einmal mehr Damian vor mir, den ich am Abend zuvor endlich wiedergesehen hatte. Ich schmunzelte, als ich mir die Ereignisse des gestrigen Abends in Erinnerung rief …

Nach unserer Ankunft im Wild Safari Camp hatte uns zunächst Maria Lohan, die sich um die Verpflegung und Unterbringung der Gäste kümmerte, begrüßt und auf die einzelnen Zelte verteilt. Ich war dabei als erfolgreiche Vordränglerin aufgefallen, denn als Maria augenzwinkernd erwähnte, dass das Honeymoon-Zelt momentan bis auf Weiteres frei war, rief ich laut: »Das ist genau das Richtige für mich! Ihr habt doch nichts dagegen?«

Die anderen waren viel zu müde und verschwitzt von der sechsstündigen Autofahrt aus Johannesburg, um zu protestieren. Sie wollten bloß so rasch wie möglich unter die Dusche springen, auspacken und frische Kleider anziehen.

Später am Abend begrüßte uns dann Damian White bei frischem Obst und einem köstlichen Cocktail auf der blumengeschmückten Veranda des Clubhauses. Dabei kamen wir, genauer gesagt Axel, noch einmal auf meine exklusive Unterkunft zu sprechen.

Axel konnte mal wieder nicht an sich halten und kommentierte lauthals meine Sonderbehandlung: »Und ausgerechnet unser Single hat sich das lauschige Liebesnest ganz für sich alleine gekapert. Hör mal, Clara, irgendwie ist das ganz schön eigennützig von dir, findest du nicht? Oder hast du in diesem Urlaub etwas Größeres vor?«

Ich dachte nicht daran, mich von Axel verunsichern zu lassen. Wenn ich eins gut kann, dann ist es dies: große unschuldige Rehaugen machen und dazu auf so eine gewisse Art schweigen, die besagen soll: *Ich weiß absolut nicht, worum es hier und jetzt überhaupt geht. Könnte mal jemand so lieb sein und es mir erklären?*

»Lass sie doch in Ruhe, Axel!«, mischte sich Myriam ein. »Clara hatte immerhin die Idee zu dieser Reise, schon vergessen? Ich finde es daher in Ordnung, dass sie sich ihr Zelt als Erste ausgesucht hat. Du hättest eben schneller reagieren oder lauter rufen müssen als sie, dann hättest du mit Sole ins Honeymoon-Paradies ziehen können. Allerdings müsstet ihr davor vielleicht heiraten, ansonsten könnte so eine Aktion durchaus auch Unglück bringen.«

Im Hintergrund verdrehte Sole sichtlich genervt die Augen, während Axel großzügig abwinkte. »Ich gönne Clara ihr kleines Liebesnest von Herzen, nur keine Angst.«

Als Nächstes wandte er sich grinsend mit seinem Drink in der Hand zu Damian um.

Während unseres kleinen Cocktailempfangs entging mir nicht das kleinste Detail. Ich beobachtete alles und jeden auf der Veranda, hörte alles, bekam alles mit. Sämtliche Sinne schienen hellwach und seltsam geschärft. Ich schob diese Symptome auf den langen Flug und den abrupten Klimawechsel. Immerhin raste auch mein Herz so seltsam, das lag sicher am erhöhten Adrenalinspiegel und anderen überschüssigen Stresshormonen.

»Oder ist es verboten, dass eine alleinreisende junge Frau das Honeymoon-Zelt bezieht? Das könnte doch auch Unglück bringen, oder?«, sagte Axel in diesem anzüglichen Tonfall zu Damian, der gerade die Blicke auf der Veranda hatte umherschweifen lassen. In diesem Moment hatten sich unsere Blicke gekreuzt. Und deswegen konnte ich genau beobachten, wie Damian etwas verlegen wurde und offenbar um eine passende Antwort auf Axels unverschämte Bemerkung rang. Und seine Verlegenheit berührte mich.

Etwas näher kennengelernt hatte ich den Wildhüter ja bereits. An dem Abend in München und in Claus' Beisein war er mir die meiste Zeit über geradezu ernüchternd geschäftsmäßig erschienen. Aber jetzt erkannte ich endlich auch den süßen Typen aus dem Fernsehen in ihm wieder. Wie er so an das hölzerne Verandageländer gelehnt dastand, mit lässig vor der breiten Brust verschränkten Armen …

Eine Sekunde später hatte sich Damian dann allerdings wieder gefangen: »Nicht, dass ich wüsste!«

Damian erwiderte Axels spöttische Blicke ein wenig reserviert und ansonsten ungerührt, während er sich vom Verandageländer löste.

»Aber falls sich doch einmal irrationale Ängste hier

verbreiten sollten, können Sie mich gern ansprechen. Im nahe gelegenen Dorf leben gleich mehrere einheimische Schamanen. Diese Leute kennen sich gut aus mit bösen Omen. Eine kleine geheime Zeremonie, und alle bösen Geister sind aus der Welt geschafft. Wenn Sie sonst keine weiteren Fragen haben, würde ich mich nun verabschieden. Ich sehe Sie alle spätestens morgen Abend am Lagerfeuer zum Barbecue – und jetzt wünsche ich Ihnen eine gute erste Nacht im Camp.«

Damit verließ Damian, beide Hände tief in den Taschen seiner khakifarbenen Jeans vergraben, unsere kleine Cocktail-Runde.

Ich blickte ihm von der Veranda aus hinterher und konnte es mir nicht verkneifen, dabei auf seinen Hintern zu starren. Ich gestehe es, denn ich hatte keine Wahl. Allein der Anblick seiner schmalen Männerhüften war jede Sünde wert.

Gleichzeitig konnte ich Axel neben mir murmeln hören: »Arroganter Lackaffe! Der hält sich ganz eindeutig für was Besonderes, dieser … dieser Wildhüter!«

Ich löste widerstrebend den Blick von Damian und starrte Axel an.

»Wie bitte?«

»Nichts, Clara, alles in Ordnung. Ich genieße nur den Drink.«

Alle anderen schienen nichts gehört zu haben. Die Clique wirkte ziemlich schläfrig. Die Reisestrapazen steckten anscheinend jedem in den Knochen, nicht bloß mir. Gut möglich auch, dass Axel selbst nur ein bisschen gereizt und übermüdet war. Außerdem war ich mir bereits nicht mehr sicher, ob er eben tatsächlich diese unfreundlichen Worte ausgesprochen hatte. Vielleicht entsprang alles nur meiner überhitzten Phantasie.

»Trinken wir noch einen?«, rief in diesem Moment Gunter in die Runde. Er deutete auf das Bowlengefäß auf dem Tisch.

»Ja, klar!«, riefen alle wie auf Kommando.

Fünf leere Gläser streckten sich Gunter entgegen. Meins war nicht dabei, denn ich wollte nicht noch mehr Alkohol trinken.

Allmählich senkte sich die Dämmerung über das Camp. Die Luft war warm und seidenweich. Rings um das Clubhaus zirpten unzählige Zikaden um die Wette.

Bei uns auf der Veranda stieg allmählich die Stimmung. Und auch der Geräuschpegel. Axel war mal wieder der Lauteste. »Komm her, Clara! Du bist so ruhig, die ganze Zeit über schon. Fehlt dir Claus?«

»Sollte er etwa?«, gab ich frech zurück.

»Wenigstens könntest du so tun, als ob!«, konterte er und fügte dann ganz brav hinzu: »Bitte nimm es mir nicht krumm. Und übrigens, du siehst heute Abend einfach umwerfend aus.«

Dann schenkte Axel mein Glas randvoll, wobei er ständig auf meinen Busen schielte. Ich trug ein T-Shirt ohne etwas drunter und merkte, wie sich meine Nippel aufrichteten. Eine unwillkürliche Reaktion meines ausgehungerten Körpers, die mich selbst überraschte.

Axel träufelte etwas von dem Getränk auf mein Handgelenk. »Oh, Verzeihung!« Und ehe ich reagieren konnte, beugte er sich zu mir und küsste die Tropfen von meiner Haut. Meine Nippel wurden steinhart und zeichneten sich nun deutlich unter dem T-Shirt ab.

»Hm, lecker der Rumpunsch!«, schnurrte Axel und starrte weiter fasziniert auf meine Brüste. Dann leckte er sich über die Lippen und raunte: »Wirklich köstlich. Geradezu unglaublich appetitlich.«

Ich blickte mich rasch nach Sole um, aber die turtelte gerade in der anderen Verandaecke mit Michael. Ann-Kathrin war schon vor einigen Minuten auf der Suche nach den Waschräumen ins Innere des Clubhauses entschwunden, und Michael nutzte den Freiraum derweil, um Sole einmal näherzukommen. Ich musste kichern. *Na ja, wir hatten schließlich alle Urlaub.*

Mein Blick wanderte weiter über die Veranda. Nicht weit von uns entfernt hörte ich auf einmal leise Knutschgeräusche. Ich schaute in die Richtung, aus der das Geräusch gekommen war, und sah Myriam und Gunter. Die beiden knutschten wie frisch verliebte Teenager. Das sah so heiß und erregend aus, dass ich unweigerlich ein Ziehen im Becken spürte. Und mir fiel einmal mehr auf, wie attraktiv Gunter eigentlich war. Ein echter Kerl, groß und breitschultrig, verwegenes Grinsen, muskulöse Oberschenkel. Dazu einen prächtigen Schwanz zwischen den Beinen, und das bereits im Ruhezustand. Wie mochte der erst aussehen, wenn Gunter in Fahrt kam?!

In diesem Moment legte Myriam eine Hand genau darauf, und schon wuchs die Beule heran. Zu beeindruckenden Ausmaßen. Ich staunte und wurde bei diesem Anblick noch erregter.

Drüben in der Verandaecke stieß Ann-Kathrin wieder zu Michael und Sole. Lächelnd ließ sie sich auf Michaels Schoß fallen und begann Sole zu streicheln.

Axel rückte mir plötzlich so nahe, dass ich einen Schritt zurücktreten musste. »Ich muss mal!«, sagte ich und floh von der Veranda. Unter einem großen Baum blieb ich stehen und trank in Ruhe meinen Rumpunsch aus. Dann schlenderte ich beschwipst weiter zu meiner Honeymoon-Suite …

Während ich also brav alleine ins Bett gegangen war, hatten sich meine Freunde noch schön miteinander vergnügt. Nun ärgerte ich mich doch, dass ich meinen Vibrator nicht mit eingepackt hatte. Ich war so sehr auf Damian fixiert gewesen, dass ich geglaubt hatte, in diesem Urlaub ohne meinen Kunstschwanz auszukommen. Aber jetzt hätte ich ihn doch liebend gern zur Hand gehabt … Zumindest bis die Dinge sich so regeln würden, wie es mir vorschwebte.

2

Den Rest des Nachmittags verdöste ich in meinem Zelt. Das breite Doppelbett mit dem weißen Baldachin – als Schutz gegen stechwütige Moskitos – war bequem und ungeheuer verführerisch, ein Liebeslager wie gemacht für heiße Nächte zu zweit.

Ich fühlte mich aber auch allein darin wohl, geborgen wie in einem Kokon. Zumal meine blühende Phantasie es mir erlaubte, mich in männlicher Gesellschaft in den seidenen Kissen zu wähnen. Und zwar nackt und malerisch lasziv hingestreckt zwischen den feuchten zerwühlten Laken. *Neben mir der Wildhüter, nackt, verschwitzt und nach Mann duftend. Gerade hatten wir uns noch lustvoll in den Laken gewälzt, jetzt war eine Runde Kuscheln danach angesagt. Hm, er roch so gut! Ich liebte es, meine Nase in seine Achselhöhlen zu stecken und dort zu schnuppern. Und er liebte es, dasselbe zwischen meinen Beinen zu machen …*

So schwebte ich stundenlang selig zwischen Schlaf und Tagträumereien hin und her und erholte mich prächtig dabei. Die kleinen Traumsequenzen zwischendurch waren nicht wirklich jugendfrei, und meine rechte Hand verirrte sich folgerichtig immer wieder zwischen die geöffneten Schenkel, wo ich mich ein seliges Weilchen lang selbst verwöhnte: Ich reizte mit einem Finger meine Perle, sie wurde groß und prall und richtete sich auf. Die Muschi wurde nass, während ich leise stöhnend mit einer Hand meine Spalte befingerte. Schließlich schob ich drei Finger so tief wie möglich in mich hinein. Ich schob und stieß, und währenddessen streichelte und reizte der Daumen geschickt die Perle, die ihm das dankte und mich heftig kommen ließ.

Als ich mich endlich von meinem Lager erhob, duschte ich mich lange. Danach trug ich ganz leichtes Make-up und farblosen Lippenbalsam auf, schlüpfte in leichte Jeans und ein dünnes kariertes Baumwollhemd mit langen Ärmeln. Denn schon vor der Abreise hatte ich mich im Internet über die Moskitos und darüber, wie man sich mit »vernünftiger Kleidung« vor Stichen schützen konnte, informiert. Dennoch zögerte ich, denn auf einmal fiel mir auch wieder ein gewisser Wildhüter mit Grübchen und blauen Augen ein, der mir wichtiger erschien als alle Stechmücken Südafrikas.

Und schon trug mein knapp oberschenkellanges Hemd einen sexy Knoten zur Schau, etwa in Höhe meines nunmehr frei liegenden Bauchnabels.

In der Mitte des Grillplatzes loderte bereits ein Lagerfeuer, als ich mich als Letzte aus unserer Clique zum abendlichen Barbecue einfand.

»Hey, Clara. Da bist du ja endlich!«

Axel! Lästig wie ein Moskito … Er winkte mich heran.

Während ich auf das Lagerfeuer zuging, ließ ich den Blick über das Camp-Gelände schweifen. Wo steckte bloß Damian? Ich konnte ihn nirgends entdecken.

Dafür entdeckte ich Gunter, der zusammen mit Myriam gerade einen Tisch deckte und nebenbei mit ihr herumschäkerte. Die beiden sahen so glücklich und vergnügt zusammen aus, es gab mir richtig einen kleinen Stich.

Ann-Kathrin und Michael schafften in schönster Eintracht unter einer ausladenden Baumkrone Beilagen zum Barbecue in den Schatten. Sole stand dabei, sah ihnen zu und trank ein Bier. Jeder wirkte so entspannt, so ausgeschlafen und tatsächlich mitten im Urlaub angekommen. Was auch kein Wunder war in dieser herrlichen Umgebung!

Noch war die Sonne nicht untergegangen, und ich berauschte mich an der Landschaft ringsum ... Und dann dieser würzige Geruch in der Luft, nach Freiheit, Abenteuer, Sex.

Plötzlich schnappte mich Axel am Arm und führte mich hinüber zu einem riesigen Affenbrotbaum. Ein Mann, den ich überhaupt jetzt erst bemerkte, stand dort und machte sich an einem großen Grill zu schaffen. Er wendete mit einer Grillgabel riesige Steaks und ganze Fische – es duftete köstlich.

Und plötzlich meldete sich auch mein Magen. Dieses Mal war es eindeutig Hunger. Das Leben hatte mich wieder.

»Wir haben einen Neuankömmling, noch einen Single, liebste Clara!«, raunte mir Axel ins Ohr. »Wie es scheint, wurde er extra für dich eingeflogen. Ab jetzt ist das Verhältnis also wieder ausgeglichen. Vier Weibchen, vier Männchen, wie es sich gehört. Freust du dich?«

»Lass bitte sofort meinen Arm los, Axel!«

Er grinste anzüglich, ehe er laut herausposaunte: »Komm Clara, lass dich vorstellen. Das hier ist Tom Hedgestone, ein guter Freund unseres Wildhüters Damian!«

Tom drehte sich zu mir um und lächelte mich freundlich an. »Hallo, Clara, freut mich, dich kennenzulernen.«

»Hey Tom, mich auch.«

Tom war mittelgroß, besaß aber markante und vor allem sehr sympathische Gesichtszüge. Graugrüne Augen und ein verschmitztes Lächeln, dazu dunkelblonde, sehr kurze Haare. Und ganz unüberhörbar war Tom ebenfalls Engländer. Wie Damian.

Tom lächelte mich immer noch an, und ich lächelte zurück.

Axel drückte mir unterdessen eine geöffnete eiskalte Flasche Bier in die Hand, während er ungeniert weiter über Tom sprach, als wäre der gar nicht anwesend. Ich erfuhr, dass Tom ebenfalls Filme drehte, vor allem solche mit naturwissenschaftlichen Themen. Er war heute gegen Mittag aus London eingetroffen, und Damian hatte ihn vom Flughafen in Johannesburg abgeholt. Das erklärte auch, warum ich Damian noch nirgends gesehen hatte. Er musste sehr zeitig am Morgen aufgebrochen sein.

»Tom wird einen Werbefilm über unser Camp und die geplante Solarenergieanlage auf dem Gelände drehen. Und die weißen Löwenbabys, die hoffentlich bald geboren werden, sollen auch mit rein!«

Axel war gar nicht mehr zu bremsen. Anscheinend mochte er Tom, während er Damians Namen soeben wieder einmal in Verbindung mit *Wildhüter* regelrecht ausgespien hatte.

Zum Glück rief in diesem Moment Michael nach Axel. Michael war am Verdursten und suchte verzweifelt die Kühltasche mit Bier.

»Schön, dann wünsche ich viel Spaß und Erfolg bei der Filmarbeit, Tom!« Ich sah unseren Neuankömmling nun schon viel herzlicher an. Ich mochte ihn ebenfalls, diesen Freund von Damian, er schien wirklich nett zu sein.

»Dank dir, Clara. Mal sehen, wie es so läuft. Auf alle Fälle ist schon alleine der Trip an sich ein wahres Abenteuer.« Da meldete sich erneut mein Magen knurrend zurück. »Mhmmm, das riecht vielleicht lecker hier!« Ich beugte mich über den Grill und sog den Duft ein. Vor allem die Fische, es waren Doraden, stachen mir ins Auge, aber sie würden ebenso wie das Fleisch noch ein Weilchen brauchen.

Tom beugte sich neben mir über den Rost und nahm mit einer Zange einen goldgelben Maiskolben vom Grill. Er legte ihn auf einen Teller, den er mir galant überreichte. »Hier, du hast riesigen Hunger, das ahne ich, Clara. Der hier müsste fertig sein. Guten Appetit.«

Ich biss herzhaft und dankbar in den gerösteten Maiskolben, der an der Oberfläche etwas ölig glänzte und herrlich scharf schmeckte. Anscheinend hatte er vor dem Grillen in einer würzigen Kräuter-Öl-Marinade gelegen.

Das Geschmackserlebnis war überwältigend – ich schloss sogar kurz selig die Augen, um den Moment zu genießen. Im Hintergrund brannte das Lagerfeuer, und ich hörte das Knacken der großen Holzscheite. Ich öffnete die Augen wieder, sah mich um und atmete ein paar Mal tief ein. Die Dämmerung senkte sich nun über diese ohnehin schon fast kitschig-schöne Szenerie.

Eigentlich fehlte mir in diesem Moment nur noch einer zu meinem Glück … »Wo steckt eigentlich Damian?«, erkundigte ich mich beiläufig bei Tom.

»Ruht sich bestimmt ein bisschen aus. Außerdem wollte er duschen, sich rasieren und so«, gab Tom bereitwillig Auskunft. »Der Gute musste unmenschlich früh raus wegen meiner Ankunft. Und dann zweimal diese lange Fahrt im Jeep, hin nach Johannesburg und dann wieder zurück.«

»Der Ärmste!«

Hörbar mitfühlend klang das eben, fast wie ein Seufzer. Himmel, war das peinlich! *Reiß dich doch zusammen, Clara!*

Tom musterte mich verschmitzt von der Seite. Dann sagte er leise: »Damian erwähnte auf der Fahrt hierher übrigens auch eine hübsche Blondine, die ganz allein ausgerechnet im Honeymoon-Zelt schläft …«

Er hielt inne und blickte unschuldig in den Himmel, der zusehends immer dunkler wurde. Nur ein beeindruckend rotorangefarbener Streifen zog sich noch knapp über dem Horizont entlang und ließ das

Firmament dort hinten in der Ferne regelrecht auflodern, wie von Tausenden von Buschfeuern erhellt.

Die Farbenpracht des Himmels war atemberaubend, besser als jedes Silvester-Feuerwerk. Mir verschlug es für einen Moment die Sprache. Ich stand da, schaute und staunte. Selbst der leckere Maiskolben auf meinem Teller war auf einmal unwichtig geworden. Essen kann man schließlich immer, aber das hier erlebte man nicht so oft im Leben.

Was für eine wunderbare und zauberhafte afrikanische Nacht!

Als ich einen Augenblick später wieder in die Realität und zu mir selbst fand, stellte ich überrascht fest: Tom und ich standen gar nicht mehr allein am Grill herum. Ganz nah neben Tom hatte sich Sole aufgebaut. Ausgerechnet Sole! Gestern Michael … und heute Tom? Das Mädel musste ihren Axel wirklich überhaben! Ich spürte sofort das Knistern zwischen Tom und Sole, die sich gerade im Flüsterton unterhielten. Leise entfernte ich mich ein Stückchen und setzte mich unter den Affenbrotbaum, lehnte mich an den breiten Stamm und knabberte weiter an meinem Maiskolben. Und dann sah ich, wie Sole Tom küsste. Dann schlichen die beiden auch schon Arm in Arm um den Affenbrotbaum herum, wo sie mich aber im Halbdunkel nicht entdecken konnten. Sie standen nur etwa zwei Meter von mir entfernt und kamen sofort zur Sache. Sole lehnte Stirn und Brust an den breiten Baumstamm, während Tom sich von hinten an sie drängte, seine Arme um sie schlang und eine Hand unter ihr T-Shirt steckte. Er knetete ihre Brüste, und

Sole stöhnte leise dazu. Dann schob er auch schon ihren kurzen Rock nach oben, unter dem sie nichts zu tragen schien als bloße Haut. Tom zerrte seine Shorts bis in die Kniekehlen herunter, auch er trug keine Unterwäsche. Sein Schwanz schnellte empor. Tom spuckte einmal kräftig in seine rechte Hand, legte sie dann um seinen Ständer, fuhr ein-, zweimal daran auf und ab und schob ihn Sole zwischen die prallen Hinterbacken. Sie stöhnte leise auf, in ihrem Blick spiegelten sich Lust und Schmerz wider. Und Tom trieb seinen Steifen langsam immer weiter in sie hinein. Eine Hand hatte er zwischen Soles Schenkel geschoben und bewegte sie dort in gleichmäßigem Rhythmus. Schließlich drang er mit zwei Fingern tief in die Muschi ein und fickte sie so auch von vorn. Allmählich wurden Toms Bewegungen immer heftiger und stoßender, während Sole immer lauter stöhnte. Diese Augenblicke nutzte ich dazu, um mich leise zu erheben und davonzuschleichen. Zwar war ich mittlerweile vom Zuschauen selbst erregt, aber ich wollte die beiden weder stören noch von ihnen entdeckt werden.

Ich stellte mich wieder an den Grill und kümmerte mich um das Wenden der Fleischstücke, die allmählich gar wurden. Die Feuchtigkeit zwischen meinen Schenkeln ignorierte ich, mein knurrender Magen half mir dabei, mich davon abzulenken. Und dann mischte sich unter den Duft des Grillgutes plötzlich die Spur eines anderen … Duftes. Ich erkannte ihn im Bruchteil einer Sekunde. Was nicht nur an dem geschmackvoll dezenten Rasierwasser lag, das er bereits an jenem Abend in München getragen hatte … Zu dem Zeitpunkt in der griechischen Taverne hatte ich mir ja tatsächlich noch gewünscht, Claus möge ebenfalls genau diesen Duft tragen, weil ich mir da wohl noch irgendwie wünschte, ich würde bald wieder Lust bekommen, mit Claus zu schlafen. Was aber nicht passierte. Nicht in dieser Nacht. Und überhaupt nicht mehr vor der Abreise nach Südafrika. Ich sah Claus nur noch einmal auf einen schnellen Kaffee in Schwabing. Und jetzt und heute hier im Camp war es mir bereits vollkommen egal, was Claus in Zukunft so trieb und welches Rasierwasser er benutzte.

»Es wird eine wunderbare Sternennacht geben, die Luft ist völlig klar, und es weht ein laues Lüftchen«, murmelte Damian neben mir. Ich fragte mich, ob er wohl mit sich selbst redete oder mich ebenfalls meinte. Aber dann wandte er seinen Kopf und sah mir direkt in die Augen.

»Ganz in der Nähe des Camps befindet sich ein beleuchtetes Wasserloch. In diesen Nächten schauen regelmäßig Giraffenmütter mit ihren Babys dort vorbei. Wenn Du möchtest, nehme ich dich später mit auf einen kleinen Beobachtungstrip. Hättest du denn Lust?«

Meine Knie zitterten. »Ja, gerne! Wozu bin ich denn so weit geflogen? Ich will alles sehen, was es hier draußen im Busch so gibt. Giraffenbabys, Löwen, Elefanten, einfach alles. Hauptsache, ich werde nicht von irgendwelchen hungrigen Artgenossen zum Abendbrot gefressen.«

Wow, Clara! Was für eine alberne Aussage, du warst

schon mal origineller im Leben. Es wäre besser, du kriegst dich allmählich wieder ein. Immerhin ist er auch nur ein Mann.

Damian grinste aber nur, und ich starrte wie hypnotisiert auf die beiden niedlichen Grübchen, die sich beim Lächeln in seinen Wangen zeigten.

»Gut, Clara, dann also bis später.«

3

Das Wasserloch hatte einen Durchmesser von vielleicht fünf Metern. Es lag frei zugänglich im grasbewachsenen und sanft hügeligen Gelände, das sich an den umzäunten Bereich unseres Camps in nordwestlicher Richtung anschloss. An der Wasserstelle wuchsen lediglich einige niedrige Büsche und Sträucher. Etwas weiter weg allerdings reckte ein riesiger Jackalberry-Baum seine mächtige Krone in den nächtlichen Himmel. Damian erklärte mir, diese Art von Baum könne bis zu achtzehn Meter Höhe erreichen, bei einem Stammumfang von stolzen sechzehn Metern. Seine fast runden Früchte würden von sämtlichen Wildtieren überaus gerne gefressen. Wohingegen Termiten das Holz des Jackalberry-Baums grundsätzlich verschmähten.

»Jemand hat heute Abend erwähnt, dass eine der weißen Löwinnen auf dem Gelände des Reservats hochträchtig sei. Wann kommen denn die Löwen-Babys zur Welt?«, wollte ich wissen, um das Gespräch wieder in Gang zu bringen, nachdem Damian auf einmal verstummt war und kein weiterer unverfänglicher Gesprächsstoff sich abzeichnete.

»Das kann jetzt jeden Tag passieren. Zaira ist eigentlich schon ein Weilchen überfällig. Allerdings ist es ihr erster Wurf, da kommt das öfter vor. Clara, bleib bitte dicht hinter mir, während wir diesem Trampelpfad hier folgen, okay?«

Er streckte eine Hand hinter seinem Rücken nach mir aus. Ich ergriff sie nur zu gerne … Wäre die Wasserstelle nicht in künstliches Flutlicht getaucht gewesen, man hätte hier draußen im freien Gelände und in der Dunkelheit der Nacht kaum etwas gesehen.

Die Dunkelheit der afrikanischen Nächte war tatsächlich eine pure samtige Schwärze, die an flüssige Tinte erinnerte. Ich hatte in Vorbereitung auf meine Reise darüber gelesen. Aber Lesen und tatsächlich Erleben waren zwei grundverschiedene Dinge, wie ich nun feststellen konnte.

In unseren Landen ist man sich einfach sicher, immer und überall ausreichend zu sehen. So wäre ich etwa nie von alleine auf die Idee gekommen, mich daheim für einen nächtlichen Ausgang mit so etwas Nützlichem wie einer Taschenlampe auszurüsten. In Afrika hingegen war alles anders, das lernte man entweder ganz schnell, oder man brach sich unterwegs ein Bein oder gleich den Hals.

Auf dem gut zehnminütigen Fußmarsch raus ins Gelände zum Wasserloch hielt mich Damian die ganze Zeit über an der Hand, während ich vorsichtig hinter ihm herstapfte. Und mein Begleiter leuchtete mit einer Taschenlampe den Trampelpfad aus.

»Gibt es hier etwa auch giftige Schlangen, Damian?«

Mir war soeben noch ein Katastrophenszenario

eingefallen, allmählich kam meine Phantasie richtig in Schwung.

Damian lachte und drückte meine Hand fester. »Nur grüne und schwarze Mambas. Und ja, auch einige Puffottern.«

»Oh, wie beruhigend. Dann weiß ich wenigstens Bescheid.«

»Keine Angst, ich bin da. Und vor dem Licht der starken Lampe hier nehmen sämtliche Schlangen der Welt Reißaus.«

Ich erwiderte dankbar den Druck seiner Hand. Und dann drückte ich gleich nochmals ein wenig fester nach …

Ich konnte dieser Versuchung und der günstigen Gelegenheit einfach nicht widerstehen. Wie denn auch, wo doch schon seit einem Weilchen das Ziehen und Jucken in meiner Möse immer stärker wurde. Seit Damian mich an die Hand genommen hatte.

Für diese Spontanreaktion meines Unterleibs konnte ich eigentlich nichts, denn ich fuhr schon immer auf schöne, kräftige Männerhände ab. Gepflegt mussten sie sein, sensibel und natürlich fest zupacken können. Im richtigen Moment jedenfalls. Immerhin waren Hände beim Sex immens wichtig, mit ihrer Hilfe ging einem der zugehörige Kerl letztendlich zuerst an die Wäsche. Und kurz darauf überall sonst noch so hin. Daher war es mir sehr wichtig, wie diese Hände aussahen, welche Wirkung sie auf mich hatten und wie sie sich auf meiner Haut anfühlten. Selbst ein ansonsten nicht so umwerfend attraktiver Mann konnte eine Menge bei mir wettmachen, wenn er nur wunderschöne, sensible, gepflegte und gleichzeitig kräftig zupackende Hände besaß. Dann kriegte ich alleine schon bei diesem Anblick unwillkürlich erotische Gefühle und ganz schnell auch eine feuchte Möse. Das alles lief absolut vollautomatisch ab bei mir, ich konnte nichts dafür oder dagegen tun. Es passierte mir einfach. Schöne Männerhände befeuerten meine erotische Phantasie ungemein.

Und Damian White besaß zum Glück sagenhaft schöne Hände! Was wundert es also, dass es in meinem Becken verräterisch zog, als er mich fürsorglich durch die nächtliche Steppe führte. Aber wir waren nicht allein. Es schnalzte und zirpte und gluckste rundherum wie aus hundert Tierkehlen. Von irgendwoher aus der Ferne ertönten Buschtrommeln.

Ich packte Damians Hand fester. Weder hungrige Löwen noch giftige Schlangen konnten mir jetzt noch etwas anhaben, das wusste ich einfach. Mein Vertrauen in Damian war in dieser Nacht grenzenlos. Er erwiderte den Druck nur leicht. Im nächsten Moment ließ er meine Hand sogar ganz los.

Ich erschrak. War ich etwa zu weit gegangen in meiner Zutraulichkeit? Ließ Damian mich auf diese Weise wissen, dass er nicht an mir interessiert war? Vor lauter Enttäuschung begann ich unwillkürlich zu zittern, mir wurde richtiggehend flau im Magen, so entsetzt war ich.

Da blieb Damian jedoch plötzlich stehen, und ich rannte prompt in ihn hinein.

»Verzeihung! Was ist denn los? Schlangen?«

Er wandte den Kopf, sah mich an. »Wir sind da,

Clara. Hier ist der Hochstand! Von dort oben haben wir einen guten Blick auf das Wasserloch und seine sämtlichen Besucher und stören die Tiere dennoch nicht.«

Als wir hintereinander auf die hölzerne Plattform kletterten, ließ Damian mir den Vortritt. Die mögliche Gefahr lauerte also nun im Rücken.

»Keine Angst, ich bleibe dicht hinter dir, Clara! Es kann nichts passieren, ich halte dich.«

Ich schmolz innerlich ein weiteres Mal dahin und erklomm tapfer eine Leitersprosse nach der anderen. Ehe ich endgültig auf der letzte Sprosse angelangt war und auf die Plattform klettern konnte, legte ich eine kleine Rast ein und den Kopf in den Nacken.

»Was für ein Sternenhimmel!«, hauchte ich verzückt.

»Ich hatte nicht zu viel versprochen, stimmt's? Das hier ist etwas ganz anderes als der Himmel über unseren Großstädten in Europa. Sieh mal hier rechts von dir, Clara, dieses Sternenbild dort: das Kreuz des Südens.«

Er stand ganz dicht hinter mir auf der Leiter. Ich spürte seinen heißen Atem in meinem Nacken und die Wärme seines Körpers an meinem Rücken. Und da konnte ich nicht mehr anders: Ich musste mich jetzt einfach so weit zurücklehnen, bis sich mein Körper und seine Brust, sein Bauch – und ja – auch sein Schoß berührten.

Dieses Mal wich er mir nicht aus und schien meine Nähe sogar zu genießen. Es gab für einen Rückzug seinerseits zwar nicht allzu viel Spielraum, doch er hätte zumindest meinen sanften Druck nicht mit entsprechendem Gegendruck beantworten müssen, wenn er das nicht gewollt hätte.

Und hatte ich da gerade auch noch eine zarte, aber deutliche Bewegung in Höhe meiner Pobacken wahrgenommen?

»Das Kreuz des Südens!«, murmelte ich tief beeindruckt und lehnte mich noch ein wenig mehr zurück. So dicht an ihn geschmiegt, hätte ich schnurren können.

»Was für ein Anblick! Danke, Damian, dass du mir das gezeigt hast. Ich habe es ja noch nie zuvor gesehen und hätte es deshalb nicht von selbst erkannt, glaube ich jedenfalls.«

Ich schämte mich bereits erneut für meine naiven Worte, noch während ich das sagte.

Aber Damian ließ meine Bemerkung unkommentiert und räusperte sich nur dezent.

Während er schwieg, ließ er seinen Körper für sich sprechen, der in durchaus eindeutiger Weise auf mich als Frau reagierte. Deshalb wagte ich es auch, noch einen Schritt weiter zu gehen und legte den Kopf tief zurück in den Nacken, so als könne ich mich gar nicht sattsehen an den Sternen dort oben am Firmament.

Wie erwartet, konnte ich mich durch dieses geschickte Manöver direkt an der beruhigend breiten Schulter von Damian anlehnen. Was für ein wunderbares Gefühl, ich hätte stundenlang so dastehen und in den Sternenhimmel blicken können.

Würde der Mann hinter mir jetzt auch noch beide

Arme um mich legen, dann wäre diese Szene als Vorspiel durchaus perfekt und völlig ausreichend. Ich spürte, wie mein längst heftig juckendes Möschen in diesen köstlichen Augenblicken immer feuchter wurde. Aber noch musste ich mich in Geduld üben, wie es schien …

Damians Atem kitzelte mich am Ohrläppchen, als er raunte: »Noch einen Schritt, Clara, dann sind wir oben. Auf der Plattform ist es gemütlicher, und man kann auch viel mehr sehen.«

Am Wasserloch standen tatsächlich mehrere Giraffen mit ihren staksigen süßen Babys. Und gerade näherten sich auch noch zwei Gnus.

Das Flutlicht spiegelte sich in den glänzenden Pupillen der Tiere, als sie witternd die Köpfe hoben und aufmerksam in unsere Richtung starrten. Sicher kamen die Wildtiere nicht auf die Idee, uns Zweibeiner hier oben auf der Plattform zu vermuten. Jedenfalls erschreckte sich keins der Tiere, und nach kurzer Zeit senkten sich unten sämtliche Köpfe wieder beruhigt und begannen zu trinken.

Ein weiteres Mal bot sich mir ein Anblick, der mich gefangen nahm und von meinem derzeit reichlich desolaten hormonellen Zustand ablenkte.

Ich hockte dicht neben Damian auf dem hölzernen Boden der Aussichtplattform. Während wir schwiegen und schauten, lehnte ich mich irgendwann erneut an seine Schulter. Und er rückte nicht weg.

Mir fiel der Sternenhimmel über uns wieder ein, und ich fragte mich, was es dort oben wohl noch so alles zu sehen und entdecken gab. Also veränderte ich meine Stellung, um mir nicht wieder den Nacken zu verrenken. So lag mein Kopf auf einmal wie von selbst in Damians Schoß, während sich mein restlicher Körper hübsch hingestreckt auf den Holzplanken der Plattform ausbreitete.

»Wow, diesen Sternenhimmel werde ich niemals im Leben wieder vergessen. Was für ein herrliches Land!«, murmelte ich. Dabei griff ich nach Damians rechter Hand und legte sie genau dorthin, wo mein nackter Bauch zwischen Hemd und Jeans hervorlugte.

Damian streichelte mit seinem Daumen sanft über diesen nackten Streifen Haut. Zunächst war es nur der leise Hauch einer Bewegung, kaum mehr als ein Zucken. Ich hielt unwillkürlich den Atem an, spürte eine wohlige Gänsehaut und fragte mich, ob mich Damian mit Absicht so zärtlich berührte.

Da, schon wieder!

Dieses Mal war kein Irrtum möglich: Damians Daumen strich tatsächlich zärtlich über meine nackte Haut. Endlich wanderte seine warme Hand auch weiter, schob sich höher hinauf und versuchte, unter das Hemd zu gelangen. Aber ich hatte etwas zu viel angezogen und die Enden des Hemds zu fest verknotet. Der weitere Zugang nach oben war dadurch momentan verwehrt, Damians Hand steckte fest.

Ich half ein wenig nach, indem ich zuerst seine Hand unter meinem Hemd hervorholte und nach oben führte. Bis dorthin, wo gleich mehrere Knöpfe einladend offenstanden. Und genau an diese Stelle platzierte ich seine Hand, die unter meinen BH schlüpfte und sich besitzergreifend auf meine Brust legte.

Ich seufzte leise und sehnsüchtig auf. Meine Nippel waren bereits hart, und als Damian zunächst sanft und dann immer fester über meine Brust fuhr, spürte ich umgehend einen blitzartigen Lustschauer in meiner juckenden Muschi.

Wollüstig räkelte ich mich auf Damians Schoß, dabei streifte meine Wange wie zufällig auch seinen Hosenschlitz. Und da spürte ich sie, die verräterische Ausbuchtung.

Damians Hand widmete sich jetzt ebenso meiner anderen Brust, wanderte von einer zur anderen und wieder zurück und wurde kühner und immer leidenschaftlicher.

Ich freute mich, denn allmählich kam Damian in Fahrt. An meinem Hemd standen längst sämtliche Knöpfe offen, lediglich in Bauchnabelhöhe hielt der Knoten das Teil noch zusammen.

Vorsichtig machte ich mich mit meiner rechten Hand an dem Knoten zu schaffen und konnte ihn tatsächlich öffnen. Das Hemd fiel zu Boden. Als Nächstes öffnete ich ebenso vorsichtig den Knopf vorne am Bund meiner Jeans, und gleich darauf zog ich auch noch den Reißverschluss nach unten.

Wildhüter! Worauf wartest du noch? Muss ich dich am Ende schon wieder eigenhändig auf den richtigen Weg führen?

Musste ich nicht!

Irgendwie hatte er wohl doch mitbekommen, was ich hier alles so trieb und wie ich mich dabei für ihn entblätterte. Und wozu ich das tat, das konnte er sich sicher denken.

Mein Kalkül ging auf: Die Hand, die eben noch meine Brüste zärtlich berührt hatte, wanderte weiter nach unten, legte sich flach auf meinen Bauch. Ich zitterte inzwischen vor Erregung.

Langsam wanderte seine Hand nun weiter, schob sich in meine geöffnete Jeans, dann weiter hinunter in den Slip und noch ein wenig tiefer.

Er bemerkte jetzt natürlich meine feuchte Möse und hielt kurz inne. Ich öffnete die Schenkel ein Stückchen weiter, spürte dabei, wie meine Schamlippen es gleichtaten und die kleine Perle dazwischen sich aufrichtete. Auch sie war inzwischen hart geworden und pulsierte vor freudiger Erregung ebenso wie die steifen Nippel weiter oben an meinen Brüsten. Und Damians Daumen machte sich auch hier ans Werk, fuhr zuerst sanft über die aufgerichtete Klit, verstärkte dann den Druck allmählich und wiederholte dieses erregende Spiel einige Male.

Lustgefühle jagten durch meinen Körper, ich begann stärker zu zittern und schmiegte meine Wange ganz eng an die harte Beule vorn in Damians Jeans. Ein letztes Mal rieb sein Daumen noch über meine Klit, dann schob er sich plötzlich in meine Spalte.

Tief in meinem Becken zog sich alles zusammen, dann explodierte ich. Ich stieß einen unterdrückten Seufzer aus und biss mir gleich darauf auf die Unterlippe. Aber mein leises Wimmern verlor sich in der Geräuschkulisse der afrikanischen Nacht.

Ich wusste, dass Damian alles genau spürte und

die Reaktionen meines Körpers mitbekam. Er wusste demnach wiederum nur zu gut, was er da mit mir anstellte – und wie sehr ich auf ihn abfuhr. Mein Körper verriet mich!

In diesen lustvollen Minuten war ich so unendlich zufrieden und glücklich. Ich hob meinen Blick und starrte verzückt hinauf in die Sterne. Dabei lief mir vor lauter Glücksgefühl eine Träne über die Wange.

Damian beugte sich zu mir herunter. Sein fester Mund fand meine Lippen, und dann küsste er mich zum ersten Mal.

Jetzt war endlich alles so, wie es zwischen uns sein sollte. Wir hatten uns gefunden – und für den Rest war ich von nun an selbst verantwortlich, aber diesem Rest fühlte ich mich gewachsen.

»Entschuldige, Clara. Ich habe wohl gerade ein bisschen die Beherrschung verloren. Ich bin deutlich zu weit gegangen!«, sagte Damian kurz darauf.

Er klang zerknirscht und irgendwie schuldbewusst. Es war nicht zu fassen!

Überrascht hob ich den Kopf aus seinem Schoß, richtete mich auf und schaute ihn an. »Aber nein, Damian. Ich …«

»Hör zu, ich respektiere Claus, das musst du wissen. Du bist nicht frei, Clara. Und ich schäme mich ihm gegenüber. Wir sollten das hier am besten vergessen, auch wenn es mir sehr schwerfallen wird.«

»Nein! Claus und ich, wir sind … Ich will mich von ihm trennen, und das hat nichts mit dir zu tun, Damian. Es lief schon eine Weile nicht mehr gut zwischen uns, und ich …«

»Aber du lebst doch nach wie vor in einer Beziehung mit ihm? Oder hast du dich bereits vor deiner Abreise von ihm getrennt?«

»Also theoretisch so gut wie. Nur der praktische Teil fehlt noch, der Vollzug sozusagen …« – ich brach ab.

Pass auf, Clara, du redest dich am Ende um Kopf und Kragen. Außerdem spricht sein Verhalten für Damian. Und dass er Skrupel hat wegen Claus. So etwas nennt man Respekt, meine Liebe! Den er im Übrigen auch dir damit erweist …

Damian schwieg eine Weile und starrte in den Himmel, bevor er leise anfing zu erzählen.

»Auch in meinem Leben gibt es noch jemanden, von dem du wissen solltest: Shirley, wir kennen uns aus Studienzeiten. Sie, Tom und ich lernten uns in unserem ersten Semester in Cambridge kennen. Zwischen Shirley und mir lief schon bald ziemlich viel, obwohl wir nicht darüber redeten und alles auf die leichte Schulter nahmen. Wir hatten tollen Sex, und ansonsten schmiedete jeder von uns seine eigenen Pläne für die Zeit nach dem Studium. Ich ging schließlich nach Afrika. Und Shirley heiratete einen anderen. Damit sah ich meine Beziehung zu Shirley eigentlich als beendet an …«

»Lass mich raten: Aber sie will dich immer noch, richtig?«

Ich hätte heulen können, während ich diese Worte aussprach. Ausgerechnet jetzt musste er mir das erzählen, dabei war ich doch eben noch einige wunderbare Momente lang so unendlich glücklich gewesen.

»Zumindest will sie ein Kind von mir, weil ihr Mann sich sterilisieren ließ.«

Mich packte eine entsetzliche Eifersucht, und das war durchaus kein schönes Gefühl. Liebend gern hätte ich darauf verzichtet. Irgendetwas lief hier gerade irgendwie schief.

»Und du, was willst du, Damian?«

»Auf alle Fälle kein Kind mit Shirley.«

»Hast du ihr das gesagt? Und akzeptiert sie es?«

»Ja. Nein. Oder zumindest ist sie auf dem Weg nach Johannesburg, wo sie morgen gegen Mittag landen wird. Tom holt sie vom Flughafen ab, die beiden werden auch die Unterkunft teilen, denn in Toms Zelt gibt es zwei getrennte Schlafbereiche. Offiziell stattet Shirley unserem Camp hier einen Besuch ab, weil ich bei der Bank, in der sie arbeitet, um ein größeres Darlehen für den Bau der Solaranlage und andere Modernisierungen nachgesucht habe. Der Kredit ist eigentlich schon bewilligt, aber weil Shirley alleine dafür verantwortlich zeichnet, ist es ihr gutes Recht, eine Ortsbesichtigung vorzunehmen.«

»Okay, Damian, soweit klingt das für mich plausibel. Aber warum erzählst du mir das alles?«

»Ich dachte, du solltest es wissen, Clara. Spiele mit verdeckten Karten kann ich nicht ertragen. Und ich hasse Dramen. Vor allem im privaten Bereich.«

»Das … das ist bei mir auch nicht anders. Ich werde Claus gleich morgen früh eine Mail schreiben«, verkündete ich.

Damian schwieg. Eine Weile sprachen wir beide kein Wort mehr, und mich beschlich ein unendlich banges Gefühl: Die Sache mit uns beiden schien bereits zu Ende zu sein, ehe sie überhaupt richtig begonnen hatte.

Doch dann legte Damian mir plötzlich erneut den Arm um die Schultern und murmelte leise: »Clara, ich würde morgen Vormittag gerne mit dir ins Dorf hinunter spazieren. Und dir dort eine einheimische Frau vorstellen. Man nennt sie hier in der Gegend nur *die Löwenfrau*. Zukhara ist eine echte Schamanin, die unendlich viel über die magischen Kräfte, die weiße Löwen nach dem Volksglauben besitzen sollen, weiß. Und obwohl ich die Gegend hier mittlerweile gut kenne, kann ich noch immer viel von Zukharas Wissen profitieren. Außerdem fasziniert mich ihre Lebensklugheit, obwohl ich an die schamanischen Zeremonien an sich nicht glaube.«

»Okay«, sagte ich. »Ich komme gerne mit.«

Tatsächlich begann ich an dieser Stelle bereits wieder Hoffnung zu schöpfen. Behutsam griff ich an die Beule, die sich immer noch in Damians Schritt abzeichnete. Er knurrte leise. Es klang einladend, und ich beschloss spontan, mich bei ihm zu revanchieren. Ich wollte seinen Schwanz herausholen, ihn mit Zunge und Lippen liebkosen und schließlich ganz zart mit den Zähnen am Schaft knabbern.

Mit einem leisen Ziepen zog ich den Reißverschluss nach unten. Damian hielt ganz still, sah mich nur an.

Ich wollte gerade in die Hose hineingreifen, da summte und vibrierte es in Damians rechter Tasche.

»Verflucht!«, stöhnte er. »Ausgerechnet jetzt! Das

ist mein Diensthandy. Im Camp muss etwas passiert sein.«

Wir gingen ins Lager zurück, wieder hintereinander, und seine Hand hielt meine. Erst innerhalb des umzäunten Geländes ließ Damian mich los. Er begleitete mich zu meinem Zelt und verabschiedete sich mit einem zärtlichen Kuss von mir. Drinnen riss ich mir die Kleider herunter und sprang unter die Dusche. Ich hoffte, das Wasser würde mit dem Staub der Steppe auch die diffusen Schmerzen in der Herzgegend abwaschen, aber das war nicht der Fall.

Nach dem Abtrocknen warf ich mich nackt auf mein bequemes Lager unter dem weißen Baldachin, spürte aber rasch, dass ich nicht so einfach einschlafen konnte. Das war ganz unmöglich! Und so beschloss ich, nackt im Pool so viele Runden zu schwimmen, bis ich völlig ausgepowert wäre. Reif für einen tiefen und hoffentlich traumlosen Schlaf.

Ich war noch ein Stück weit weg vom Pool, als ich aus der Richtung Stimmen hörte. Ich blieb stehen und lauschte, vielleicht hatte ich mich ja getäuscht. Aber dann … Unterdrücktes Gelächter, lautes Planschen, schließlich zärtliche Gurrlaute einer Frauenstimme, die ich gut kannte.

Myriam!

Ich schlich mich im Schutz einiger Büsche näher an den Pool heran. Und dann entdeckte ich sie – Myriam und Gunter. Beide waren sie splitternackt. Sie hatten eine Luftmatratze mit im Pool und waren ziemlich miteinander beschäftigt. Ich wollte mich wieder in meine Hütte zurückziehen, konnte meine Blicke jedoch nicht von Gunters gut gebautem Körper abwenden. Er ging regelmäßig ins Fitness-Studio, und das sah man ihm auch an.

Jetzt lag er entspannt rücklings auf der Luftmatratze, während Myriam, bis zu den Hüften im Wasser, bei ihm stand. Gunters rechte Hand widmete sich genüsslich Myriams beiden üppigen Brüsten. Immer schön abwechselnd kam zuerst die eine dran, dann die andere.

Myriam revanchierte sich, indem sie ihre Hand um Gunters imposant aufragenden, harten Schwanz legte. Ich konnte selbst aus der Entfernung und hinter dem Busch hervor noch deutlich erkennen, wie lang und steif Gunters Latte mittlerweile war. Bei dem Anblick erwachte mein sexueller Appetit aufs Neue, und ich beschloss, mich zu den beiden in den Pool zu gesellen. Mal sehen, was passieren würde.

Die beiden wirkten nicht sonderlich überrascht, als sie mich am Beckenrand auftauchen sahen. Gunters Blicke wanderten aufmerksam über meinen nackten Körper. Prompt richteten sich meine Knospen auf, und in meiner Muschi begann es sacht zu pochen.

»He, Mäuschen, was für eine nette Überraschung!«, rief Myriam. »Komm doch rein zu uns. Worauf wartest du denn noch? Bist du etwa schüchtern?«

»Von wegen!«

Mit einem Kopfsprung war ich im Wasser und tauchte kurze Zeit später neben der Luftmatratze wieder auf. Das Wasser gluckerte zwischen meinen Beinen und massierte dabei meine Muschi. Das erregte mich nur noch mehr.

Myriam streckte eine Hand nach mir aus und zog mich neben sich, wo es flacher wurde und ich stehen konnte. Dann küsste sie mich auch schon, mit feuchten heißen Lippen und flinker Zunge. Ich hatte noch nie zuvor eine Frau geküsst und war überrascht, wie sehr mich das anmachte. Als sie mir jetzt auch noch mit einer Hand an die Brüste und mit der anderen unter Wasser an die Möse langte, bekam ich tatsächlich Lust, meine beste Freundin zu vögeln.

Aber in diesem Moment mischte sich Gunter ein. Er ließ sich von der Luftmatratze gleiten und pirschte sich von hinten an mich heran, presste seinen muskulösen, feuchten Körper an mich.

Myriams Hand spreizte meine Schamlippen, während sie mich weiter küsste. Ihr Zeigefinger kreiste zärtlich und behutsam um meine Perle, die sofort zu pulsieren begann. Dann schob meine Freundin auch schon zwei weitere Finger tief hinein in meine weiche Spalte.

Und zwischen meinen Pobacken machte sich Gunter in ähnlicher Weise zu schaffen. Er steckte mir aufreizend langsam seinen forschen feuchten Finger in meine Rosette und glitt immer tiefer hinein. Weil ich so erregt und gleichzeitig locker war am ganzen Körper, tat es mir nicht weh. Ganz im Gegenteil!

»Oh, das ist gut! Ja, verdammt …«, entfuhr mir ein lustvoller Seufzer.

Ich spürte, wie Gunters Finger sich langsam wieder aus mir zurückzog, und beinahe wollte ich dagegen protestieren. Ich wollte von vorne und hinten gleichzeitig gefickt werden. Das war neu für mich, und es war so gut.

Und dann spürte ich, wie Gunters gewaltig angeschwollener steifer Schwanz sich zwischen meine Pobacken schob.

»Entspann dich, bleib ganz locker!«, flüsterte er mir ins Ohr. Dann steckte er seine Zunge in meine Ohrmuschel und ließ sie dort kreisen, während sein Schwanz sich immer mehr meiner Rosette näherte.

Myriams Finger vollbrachten derweil wahre Wunder an und in meiner pulsierenden Möse. Ich merkte, dass ich kurz vor dem Höhepunkt war, und wurde noch weicher und offener, als die Lust mich fortriss und alle Ängste verdrängte. In diesem Moment öffnete Gunter mit beiden Händen meine Pobacken, damit sein dicker Prügel dazwischenpasste. Dann drang er von hinten in mich ein. Während ich in der Muschi bereits zu kommen begann, glitt Gunters Schwanz tiefer und tiefer in mich. Seine Hände legten sich dabei um meine Brüste und rieben über die harten Knospen, immer wieder, bis die Nippel regelrecht brannten. Er begann mich zu stoßen, erst sanft, dann immer heftiger. Und dann erlebte ich einen zweiten, gewaltigen Orgasmus, der meinen ganzen Körper erbeben ließ. Und mein lauter Lustschrei hallte durch die afrikanische Nacht.

Als meine Lustwellen langsam abebbten und ich etwas zu Atem gekommen war, hörte ich im Hintergrund aus der Ferne das dumpfe Schlagen der Trommeln.

Was für eine Nacht ... Als ich ein wenig später in mein Zelt zurückkehrte, schlief ich sofort tief und fest ein.

4

Bereits kurz nach dem Aufwachen bemerkte ich die seltsame Unruhe, die sich über das Camp gelegt hatte. Allerdings glaubte ich da noch, dieses ungewöhnliche Flirren in der Luft draußen vor meinem Zelt müsse etwas mit dem Wetter zu tun haben. Mit der trockenen Hitze und der steigenden Buschbrandgefahr, die für die nächsten Tage angesagt worden war.

Ich warf einen Blick auf meine Uhr und stellte fest, dass es für einen Urlaubstag noch reichlich früh am Morgen war, noch nicht einmal acht Uhr durch. Dennoch entschloss ich mich, sofort aufzustehen und nach einer raschen lauwarmen Dusche rüber zum Clubhaus zu gehen. Dort gab es zwei Computer zur allgemeinen freien Nutzung. Heute Morgen wollte ich endlich Claus eine Mail schreiben. Ich würde damit auch gleich das Versprechen einlösen, das ich Damian in der Nacht gegeben hatte. Selbst wenn sonst nichts weiter aus unserer Geschichte werden und sich diese Shirley meinen Wildhüter krallen würde, die Trennung von Claus war schon lange überfällig. Und heute würde ich ihn endgültig aus meinem Leben verbannen.

Nach der Trennung von ihm wäre ich zumindest

frei für einen echten Neuanfang. Wo auch immer und mit wem auch immer.

Während ich mich anzog, haderte ich dennoch mal wieder mit meiner derzeitigen Situation. Damians plötzlicher Rückzieher und jetzt auch noch Shirleys Ankunft im Camp. Unfair war das!

Ich stieg murrend in meine Jeans. Hätte ich auch nur geahnt, was mir demnächst noch alles bevorstand, ich wäre vorsichtiger gewesen.

Auf dem Weg zum Clubhaus kam mir Damian entgegen. Er wirkte angespannt, während er im Gehen das Handy fest ans Ohr gepresst hielt. So hatte ich ihn bisher noch nie gesehen, normalerweise war dieser Mann die Ruhe in Person. Ein weiterer Pluspunkt übrigens für den Wildhüter und ein Grund mehr für mich, gerade ihn und sonst keinen zu begehren.

Kurz bevor wir aufeinandertrafen, hörte ich, wie er sagte: »Okay, Joey! Du suchst also zusammen mit Ted nochmals das Reservatgelände gründlich ab. Mick und Justin fahren mit dem kleinen Jeep raus in die Savanne. Den großen Geländewagen sollen sie nicht anrühren, der ist für die Gästesafari am Nachmittag bereits aufgetankt und gereinigt. Zumindest jede volle Stunde einmal meldet ihr euch alle nacheinander bei mir, ist das klar? Ganz gleich, ob es Neuigkeiten gibt oder nicht. Gut, dann an die Arbeit!«

Damian beendete das Gespräch und steckte das Handy in die Brusttasche seines Hemds. Erst jetzt sah er auf und bemerkte mich. Sekundenlang erhellten sich seine Gesichtszüge, aber gleich darauf wirkte er wieder ernst, fast bedrückt. Es musste etwas tatsächlich Schwerwiegendes vorgefallen sein, so viel immerhin war mir jetzt klar.

»Ah, Clara, guten Morgen! Ich war gerade auf dem Weg zu dir. Hör zu, wir brechen spätestens in einer Stunde auf ins Dorf. Reicht dir diese Zeit für ein Frühstück und andere Vorbereitungen? Ich muss Zukhara wirklich dringend sprechen, wir benötigen ihre Hilfe im Camp.«

»Ja, Damian, kein Problem. Was ist denn passiert?«

Er sah mir in die Augen. In seinem Blick glaubte ich so etwas wie Zärtlichkeit zu lesen, aber vermutlich bildete ich mir das bloß ein. Immerhin hatte er mir noch vor wenigen Stunden ziemlich deutlich zu verstehen gegeben, dass außer einer gewissen sexuellen Anziehungskraft zwischen uns nichts lief. Damian wollte mich Claus nicht ausspannen, und er würde wohl lieber wieder mit dieser Shirley zusammen sein. So wie ich mich mit Gunter und Myriam getröstet hatte, so würde Damian sich an Shirley halten. Es war ihre Chance, nicht meine.

»Zaira ist verschwunden, wie es aussieht!«, sagte er leise und sah mich voller Sorge an. Zaira war die kostbare weiße Löwin, die gerade hochträchtig war.

In seiner Begrüßungsrede hatte Damian uns noch erzählt, dass skrupellose Trophäenjäger schon mal locker hunderttausend Euro für den Abschuss eines weißen Löwen hinblätterten. Daher wunderte es mich nicht, dass er das Tier so schnell wie möglich wiederfinden wollte.

»Wir befürchten, dass sie irgendwo eine defekte

Stelle im Zaun gefunden hat und aus dem Schutzreservat ausgebüxt ist.«

»Das tut mir leid, Damian. Ist es sehr gefährlich für Zaira, so in freier Wildbahn?«

»Zunächst ist es gefährlich für die Jungen, falls sie da draußen zur Welt kommen sollten. Löwenmänner dulden nämlich grundsätzlich keinen fremden Nachwuchs in ihrem Revier. Die sogenannten Ockerfarbenen würden die weißen Welpen unweigerlich töten. Daher müssen wir Zaira so schnell wie möglich finden – bevor die Geburt einsetzt.«

Damian nahm kurz meine Hand und drückte sie.

Wir vereinbarten, uns in etwa vierzig Minuten unten am Clubhaus zu treffen. Für meine Mail an Claus würde ich nur zehn Minuten brauchen, den Text dazu hatte ich bereits im Kopf und würde ihn nur noch eintippen müssen. Hinterher blieben mir noch fast dreißig Minuten fürs Frühstücksbüfett. Das sollte eigentlich reichen. Großen Appetit hatte ich sowieso nicht.

Doch als ich mein Postfach öffnete, erwartete mich eine Überraschung. Claus hatte mir geschrieben:

Clara,
jetzt sind wir also beide an unseren Reisezielen angekommen und damit weit genug voneinander entfernt, um sich endlich einmal Dinge zu sagen, die im Alltag meist unausgesprochen bleiben. Ich möchte Dir heute ein Angebot unterbreiten, das ich Dir eigentlich schon längst, bereits im letzten Jahr, nach meiner Rückkehr von diesem Dreh aus Alaska, unterbreiten wollte.

Ich traf damals dort einen Mann. Einen Freigeist, wie er im Buche steht – und mit dem ich mich bald tief verbunden fühlte.
Und so berichtete er mir von seiner ungewöhnlichen Beziehung zu einer Frau, mit der er schon seit vielen Jahren zusammen war.
Zu Beginn ihrer Partnerschaft waren sich die beiden sexuell wie emotional genug gewesen. Irgendwann gewöhnten sie sich aber aneinander und schlitterten – zunächst noch unbemerkt – in eine neue Phase ihrer Beziehung, die vor allem von einem geprägt war: Langeweile. Bald verloren sie die Lust am gemeinsamen Sex und stritten immer mehr – bis beide erste Ausbruchsversuche unternahmen und anfingen, auch mit anderen zu schlafen. Bis ihre Affären irgendwann aufflogen und es zum unvermeidlichen Zerwürfnis kam, das in verbalen und körperlichen Verletzungen gipfelte, so dass den beiden eine dramatische Trennung nicht erspart blieb.
Aber nach einer Weile stellten sie fest, dass sie sich immer noch liebten und begehrten, dass sie nicht ohne einander leben konnten. Miteinander allerdings auch nicht, das merkten sie schon nach wenigen Tagen, nachdem sie wieder zusammengezogen waren. Deshalb entschlossen sie sich zu einem radikalen Neuanfang: Sie zogen in eine neue Stadt, Los Angeles, wo sie gemeinsam in ein großes Haus mit je zwei Arbeits-, Bade- und Schlafzimmern zogen. Lediglich Wohnzimmer und Küche wollten sie sich teilen.
Wenn sie mit anderen zusammen waren, traten sie aber nicht mehr offiziell als Paar in Erscheinung, sondern gaben sich als »Mitbewohner« aus, und oft genug lebten sie

auch so miteinander. Unter diesen »befreiten« Umständen konnten beide auch problemlos andere Partner sogar über Nacht mitbringen. Einzige kleine Einschränkung – Übernachtungsgäste nur nach vorheriger Absprache.
Trotz ihrer neu gewonnenen Freiheit verbrachten die beiden den größten Teil der Zeit wieder miteinander. Mal in ihrem Schlafzimmer, mal in seinem, eher sehr selten schlief jeder für sich allein.
Nicht einmal ihre engsten Freunde wussten – und wissen – über das intime Arrangement der beiden Bescheid. Die Beziehung zwischen ihnen funktioniert jetzt bereits seit Jahren auf diese Art und Weise, und zwar immer besser. Die beiden lieben und begehren sich mehr als jemals zuvor.
Es scheint tatsächlich, als würden gelegentliche Affären das gemeinsame Feuer schüren, nicht etwa ersticken – zumindest wenn man sich an die Grundbedingungen hält: Ehrlichkeit, Toleranz und gegenseitiger Respekt.
Was hältst Du von dieser Geschichte, Clara?
Nun, ich kann Dich jetzt direkt vor mir sehen, wie Du das Gesicht verziehst und abwinkst. Trotzdem möchte ich Dich bitten, einmal ganz in Ruhe darüber nachzudenken – denn ich schlage Dir genauso ein Arrangement für uns beide vor.
Lass uns in eine neue Stadt ziehen, wo wir uns eine große Wohnung suchen und ein freieres Leben miteinander führen können. Ich bin überzeugt, dass wir viel glücklicher sein werden und auch wieder mehr Spaß im Bett als zuletzt haben, wenn wir uns gegenseitig unsere kleinen Abenteuer zugestehen – ohne uns einzuengen oder zu bevormunden.

Ehrlich, Clara, ein solches Abkommen müsste Dir doch besonders in Deiner derzeitigen Lage sehr entgegenkommen. O ja, ich habe durchaus bemerkt, was sich zwischen Damian White und Dir anbahnt. Ich bin nämlich nicht blind, meine Liebe!

Ich vermute mal, ihr beiden seid mittlerweile mindestens einen großen Schritt weiter. Und weißt Du was, Clara? Ich habe mir gerade vorhin noch einen erregenden kleinen Tagtraum mit Dir und dem Wildhüter als Protagonisten gegönnt: Ich malte mir aus, wie Du Damians Schwanz besteigst und Dir nimmst, was Du brauchst. Wie Du den Kopf in den Nacken wirfst und Deine nackten Brüste heftig mitwippen, während Du Deinen neuen Hengst stürmisch reitest. Wie seine Hände dabei gierig Deine hübschen Äpfelchen umfassen, sie kräftig massieren und kneten, während der wilde Ritt unverdrossen weitergeht. Ich habe mir bei der Vorstellung selbst einen runtergeholt, das kannst Du Dir sicher denken, meine Liebe!

Habt ihr es so miteinander getrieben? Ach was, auf eine Antwort Deinerseits verzichte ich, Clara, ich weiß es ohnehin. Und das ist auch gar kein Problem für mich. Jedenfalls nicht, wenn Du auf mein obiges Angebot eingehst.

Fick Dir in Südafrika ruhig den Verstand aus Deinem hübschen Köpfchen. Aber einen Gefallen musst Du mir zugestehen: Ich würde zu gerne einmal dabei zusehen, wie Du und Damian White es miteinander treibt!

Installier zu dem Zweck einfach die Videokamera, die ich Dir vor Deiner Abreise gegeben habe, in Deinem Kleiderschrank, und dann lass Dich von Damian so richtig

vögeln, während die Kamera läuft, und schick mir Deinen kleinen Privatporno im Anschluss per Mail zu.
Ich weiß Dein Entgegenkommen in dieser Sache sehr zu schätzen, mein Liebling. Wir werden in Zukunft wieder sehr, sehr glücklich miteinander sein. Und manchmal auch ohne einander. Vertrau mir …
Claus

Ich las die Mail gleich noch einmal durch, Satz für Satz. Ich war fassungslos, würde Claus aber aus Zeitgründen nicht mehr darauf antworten können. Dieser verdammte Kontrollfreak! Sex, Macht und Besitz – etwas anderes zählte nicht für ihn. Und was mich fast noch mehr ärgerte: Seine Mail mit ihren mehr als deutlichen Beschreibungen hatte mich wider Willen auch noch erregt. So sehr erregt, dass ich beim Lesen feucht geworden war und nun unruhig hin- und herrutschte – bis ich spontan kam.

War ich Claus immer noch verfallen? Hatte er tatsächlich immer noch diese ungeheure sexuelle Macht über mich? Nein, das durfte, das konnte nicht sein! Denn wäre es so, dann täte Damian wirklich gut daran, sich von mir fern- und an Shirley festzuhalten.

Und dann – wollte ich das wirklich? Mich auf Claus' Plan einlassen? Nein! Denn dann wäre mein Leben gelaufen, die Kontrolle darüber läge vollends in Claus' Händen. Und genau das wusste er auch. Ich durchschaute ihn mittlerweile völlig. Ich würde ihm nicht in die Falle tappen, nicht noch einmal. Claus hatte von Anfang an mit meinen Gefühlen gespielt, mich emotional ausgesaugt. Und genau daran wollte er festhalten, dafür nahm er sogar in Kauf, dass ich mit anderen Männern schlief.

Obwohl ich mich in diesem Moment endgültig von Claus löste, sollte er mich an diesem Tag einmal mehr überraschen.

5

Damian kündigte Zukhara unseren Besuch per Handy an, was ich irgendwie kurios fand: Ein abgelegenes afrikanisches Buschdorf mit Handyempfang … das Bild wollte sich nicht in die herrliche und so unberührt wirkende Landschaft einfügen.

Damian schien meine Gedanken lesen zu können, denn nachdem er das kurze Telefonat beendet hatte, klärte er mich umgehend auf. »Zukhara hat das Mobiltelefon von uns im Camp bekommen. Sie lädt auch den Akku bei uns auf und benutzt unsere Computer und den Internetanschluss. Aber wenn erst einmal die Solaranlage steht, werden wir das ganze Dorf mit Strom versorgen können. Die Leute haben im Moment noch handbetriebene Generatoren im Einsatz, aber die Dinger bringen nicht genügend Leistung.«

Ach ja, die neue Solaranlage, der Kredit aus London und – Shirley! Meine Rivalin kam heute an. Ich hatte diesen leidigen Umstand doch glatt bereits wieder aus meinem Kopf verbannt gehabt.

Schlagartig war es mit meiner kurzen Ausgelassenheit von eben vorbei. Zum Glück waren wir jetzt aber fast bei Zukharas Rundhütte. Und der Anblick, der sich mir nun bot, verdrängte alles andere.

Zukhara war eine hinreißende Erscheinung, wie sie da so vor der Hütte mit dem Strohdach stand und uns lächelnd entgegenblickte. Eine schöne dunkelhäutige Frau in einem langen, bunten Kleid, das oben an einer Schulter verknotet war.

Sie konnte nicht viel älter als dreißig sein, dennoch strahlte sie eine große Würde und Anmut, Intelligenz und ebenso Warmherzigkeit aus. Ihre großen dunklen Augen zeugten von Unabhängigkeit, Stärke und gesundem Stolz.

Ich mochte Zukhara auf Anhieb.

Sie begrüßte uns herzlich und bat uns dann in ihre Hütte, die aus einem einzigen großen runden Raum bestand. In der Mitte befand sich ein breites und ungewöhnlich niedriges Lager, das mich an moderne Futonbetten erinnerte. Allerdings bestand Zukharas Lagerstätte hauptsächlich aus mehreren Schichten von Fellen. Das entdeckte ich jedoch erst auf den zweiten Blick.

Ringsherum an den Wänden hingen bunt bemalte und teilweise reichlich grotesk anmutende Holzmasken, die allesamt Sehschlitze aufwiesen. Sie waren ursprünglich nicht nur als Wandschmuck gedacht, sondern wurden tatsächlich getragen. Manche der Masken glichen Tierköpfen, andere waren furchterregende Fratzen, die Dämonen darstellen sollten.

Damian hatte mir auf unserem Fußmarsch ins Dorf erzählt, dass die Schamanen bei ihren Zeremonien diverse Masken benutzten, und meist trugen sie noch passende Gewänder dazu. Je nachdem, welcher Zauber ausgeübt und welcher Dämon besiegt werden sollte.

Zukhara selbst war Damians Worten zufolge eine Heilerin, und sie heilte oft lediglich mit ihren bloßen Händen. Manchmal verabreichte sie ihren Klienten auch wohltuende Kräutertees oder Salben, die sie selbst herstellte. Sie bat uns mit einer Handbewegung, auf den bunten Sitzkissen, die auf dem festgestampften Lehmboden lagen, Platz zu nehmen.

Damian setzte sich schließlich, ich jedoch blieb stehen. »Darf ich mich ein bisschen umsehen? Diese Masken an den Wänden faszinieren mich.«

Zukhara nickte. »Aber gerne, nur zu … Clara, nicht wahr? Dein Name ist doch Clara?«

Während ich mich in der Hütte umschaute, fing ich den größten Teil des Gesprächs auf, das Damian und Zukhara nun führten. Es ging dabei ausschließlich um Zairas Verschwinden. Tatsächlich schien die Schamanin eine Menge von Löwen und dem Verhalten der Großkatzen in freier Wildbahn zu verstehen. Erst jetzt begriff ich wirklich, warum Damian ihren Rat so dringend suchte.

Plötzlich stand ich vor einem Spiegel an der Wand, der von einem roten Holzrahmen eingefasst war. Und mein Blick fiel auf ein Foto, das in der linken, unteren Ecke des Rahmens steckte. Es zeigte einen Mann, der mir auf Anhieb bekannt vorkam. Ich ging näher an das Foto heran. Und da erkannte ich ihn. Der Mann auf dem Foto war Claus.

In diesem Augenblick begann ein Telefon zu klingeln. Damian nahm den Anruf entgegen, sprang auf und rannte aus der Hütte.

Nun war ich allein mit Zukhara. Ich drehte mich

langsam zu ihr um: Groß und erhaben stand sie in der Nähe des Eingangs und sah mich nachdenklich an. Während meine Blicke über ihren Körper glitten, dämmerte mir eine weitere Erkenntnis: *Diese weichen weiblichen Formen um Bauch und Hüfte, die schwellenden Brüste, die schimmernde Haut und die leuchtenden Augen …*

»Du bist schwanger, Zukhara, nicht wahr?«

Ich war mir meiner Sache sicher, obwohl ich nicht wusste, woher ich diese Gewissheit nahm.

Zukhara zeigte keine Überraschung, sie nickte und lächelte glücklich. »Gut beobachtet, Clara. Dabei kann man es noch gar nicht wirklich sehen, ich bin erst im dritten Monat.«

Ich machte mit dem Kinn eine vage Bewegung zum Spiegel hinüber. »Ist er der Vater?«, fragte ich, obwohl ich auch diese Antwort schon längst kannte.

Wieder nickte Zukhara. Dann sagte sie ruhig: »Du bist seine Frau, nicht wahr?«

»Wir sind nicht verheiratet. Wir waren es nie und werden es auch nie sein, Zukhara. Claus ist frei.«

Sie zuckte tatsächlich lächelnd und wie beiläufig mit den Schultern. »Und wenn schon, ich will ihn jedenfalls auch nicht. Er ist nicht wirklich ein guter Mann. Nicht für Frauen wie uns jedenfalls.« Sie strich sich zärtlich und behutsam mit einer Hand über ihren Bauch.

»Zukhara, wenn du nicht mit Claus zusammen sein möchtest, kann ich das absolut nachvollziehen. Aber aus dieser großen doppelten Verantwortung hier brauchst du ihn deswegen doch nicht zu entlassen.

Ich werde es so einrichten, dass er es zumindest erfährt und euch unterstützen kann.«

Wir blickten uns eine Weile schweigend in die Augen, und damit war die Sache besiegelt.

Aber dann hatte Zukhara doch noch etwas auf dem Herzen.

»Clara, ich möchte dir einen Rat geben. Gib ihm bitte in deinem eigenen Interesse ausreichend Zeit und Raum. Er hat im Moment wichtigere Probleme als die Liebe und kann jetzt keinerlei Ablenkung gebrauchen. Und später dann, lass ihn ruhig zum Jäger werden, eine Zeitlang zumindest. Gib ihm die Gelegenheit dazu, mach sie ihm zum Geschenk. Gute Dinge brauchen Zeit, Clara – und die braucht ihr auch.«

Zweierlei war mir danach klar: Zukhara hatte soeben nicht von Claus gesprochen. Und sie meinte es wirklich gut mit mir. Ich sah sie dankbar an, und sie erwiderte freundlich meinen Blick.

Dann kam Damian auch bereits wieder zu uns in die Hütte, um sein Gespräch mit Zukhara fortzusetzen.

Auf dem Rückweg ins Camp stellte ich Damian die Frage, auf die er bestimmt schon wartete. Es konnte gar nicht anders sein, denn wozu hätte er sonst dieses Zusammentreffen zwischen mir und Zukhara arrangieren sollen? Mit dem Verschwinden der kostbaren weißen Löwin hatte ich nichts zu tun. Und helfen konnte ich erst recht nicht, wenn es darum ging, die Ausreißerin einzufangen und ins Camp zurückzubringen, ehe sie ihre Jungen zur Welt brachte. Außerdem hatte Damian unseren gemeinsamen Besuch im Dorf bereits geplant, als er noch gar nicht ahnen konnte, dass Zaira ausgebrochen war. Nein, Damian musste etwas von Claus und Zukhara wissen und wollte mir heute eine Gelegenheit verschaffen, es selbst herauszufinden.

»Du hast es gewusst, Damian, stimmt's? Hat dir Zukhara von ihrer Schwangerschaft erzählt?«

Er blieb abrupt stehen und starrte mich an. »Zukhara ist schwanger? Von Claus?«

»Damit erübrigt sich eine Richtigstellung meiner Frage«, sagte ich leise. »Ich war zu vorschnell. Von Claus hast du also gewusst. Und ja, sie ist schwanger von ihm.«

Er legte die Arme um mich und zog mich eng an sich. Ich lehnte den Kopf an seine Schulter und vergaß dabei fast zu atmen, dafür klopfte mein Herz wie verrückt. Ja, ich liebte ihn, das spürte ich jetzt ganz deutlich. Und es war alles, wie es sein sollte: Tiefe Gefühle und heftiges Verlangen kamen zusammen. Mein ganzer Körper sehnte sich so sehr nach ihm, dass es beinahe schon wehtat. Ich genoss diese kostbaren Sekunden, als er mich eng umschlungen festhielt, und von mir aus hätte es ewig so bleiben können. Aber leider hatte Damian etwas richtigzustellen. Er ließ mich los, trat einen Schritt zurück und sah mich ernst an.

»Clara, keiner von beiden hat mir etwas erzählt, weder Claus noch Zukhara. Ihre Affäre spielte sich klammheimlich ab. Aber eines Tages kam ich zufällig an Zukharas Hütte vorbei, ich war auf dem Weg ins Dorf und ... sah die beiden ... Ich ging damals schnell wieder weg, bevor sie mich entdecken konnten. Zukhara holte mich zwar noch ein auf dem Weg hinunter zum Dorfplatz, sie schöpfte aber keinen Verdacht. Sie war viel zu aufgeregt und …« – Damian hielt inne, räusperte sich verlegen und fuhr dann fort, »und sehr glücklich. Sie strahlte förmlich, und ich gönnte ihr dieses Glück. Ansonsten machte ich mir keine allzu großen Gedanken über ihr Verhältnis. Das Privatleben von Zukhara ging mich nichts an, und das von Claus erst recht nicht. Schließlich sind die beiden erwachsen. Aber als du mit ins Spiel kamst, lagen die Dinge plötzlich anders!« Damian verstummte.

Sein letzter Satz gab mir Hoffnung, ich griff danach wie nach einem rettenden Strohhalm.

»Ich habe dir doch letzte Nacht gesagt, dass ich mich von Claus trennen werde. Und jetzt habe ich noch einen Grund mehr.«

Damian nickte, doch dann wechselte er schnell das Thema. Er wirkte auch wieder besorgt, aber ich spürte deutlich, dieses Mal ging es um etwas anderes.

»Clara, du und deine Freunde, ihr geht heute Nachmittag mit Joey auf die geplante kleine Safaritour. Ich muss mich in der Zeit um die Sache mit Zaira kümmern. Nach Einbruch der Dämmerung wird sich Zukhara unserem Suchtrupp anschließen, denn Löwen jagen nachts, und wir hoffen, dann eine größere Chance zu haben. Unsere Schamanin besitzt den Ruf, eine Königin der Löwen zu sein, was immer das auch bedeuten mag. Ich will jedenfalls nichts unversucht lassen.« Dann schaute er mich wieder entspannt an. »Aber was auch passieren mag, morgen werde ich ganz für euch da sein und die große Safaritour leiten. Ich nehme an, Tom und Shirley werden sich anschließen, dann wären wir zehn Personen auf dem Trip, und damit ist der große Landrover voll.«

Ich erwiderte Damians Blick. »Schön, ich freue mich schon sehr darauf.«

Was zum großen Teil geschwindelt war, auf einen Gruppenausflug und noch dazu mit Shirley hätte ich liebend gern verzichtet. Zum Glück fielen mir da Zukharas Worte wieder ein: Ja, ich würde Damian genügend Zeit und Raum geben. Er hatte im Moment tatsächlich genug andere Sorgen, und ich würde warten, bis er wieder die Initiative ergriff. Wenn Damian tatsächlich ein ehrliches Interesse an mir hatte, dann würde er einen Weg finden.

Ich ärgerte mich ein wenig, dass ich von Anfang an nicht mehr Geduld bewiesen hatte. Es wurde wohl Zeit, mich endlich einmal darin zu üben.

Der nachmittägliche Jeepausflug raus in die Savanne rauschte an mir vorbei, als würde ich zu Hause vor dem Fernseher sitzen und mir eine Sendung über eine Safari irgendwo in Afrika anschauen. Da gab es riesige Affenbrotbäume, dann wieder hohes Gras, Buschwerk und sanfte Hügel, so weit das Auge reichte. Zebras und Giraffen, Gnus und Herden von Antilopen zogen an uns vorüber. Mal von links nach rechts, dann wieder von rechts nach links quer über den ganzen Bildausschnitt. Wenn wir nicht im Landrover des Öfteren ziemlich unsanft auf unseren Plätzen durchgeschüttelt worden wären, wodurch ich für ein Weilchen zwangsläufig in die Gegenwart katapultiert wurde, dann hätte ich den Ausflug sicher ganz verträumt. Der würzige Duft der Savanne wäre spurlos an mir vorübergezogen. Und auch die Hitze, unter der die Luft über der Steppe regelrecht flimmerte … So aber registrierte ich zwischendurch auch, wie Axel herummoserte. Er behauptete, wenn er statt Joey am Steuer säße, verliefe die Fahrt über die Unebenheiten der Steppe netter für »euch Mädels«!

Das gab Axel auf Deutsch von sich, damit Joey, der nur Englisch sprach, nichts verstand. Sole verdrehte genervt die Augen – zwischen ihr und Axel herrschte ohnehin spürbar dicke Luft – und blaffte ihn an: »Bloß weil du in München Fahrlehrer bist, heißt das noch lange nicht, dass du in Afrika besser fährst als ein erfahrener Ranger, der die Gegend kennt.«

Das wollte Axel natürlich nicht auf sich sitzen lassen, und er fragte Joey, ob er mal ans Steuer dürfe.

»Sorry!«, erwiderte der höflich und schüttelte den Kopf. »Heute darf nur ich ans Steuer. Und ich trage für euch die volle Verantwortung.«

Nun bretterte Joey erst richtig los, und wir wurden durchgerüttelt. Da wir angeschnallt waren, konnte nichts passieren, das Ganze war eher lustig.

Myriam und Ann-Kathrin kreischten denn auch zum Spaß ein bisschen zu laut und schüttelten sich vor Lachen.

Auch Gunter und Michael genossen unseren Ausflug sichtlich und fotografierten wie wild drauflos, sobald sich Zebras oder andere Tiere zeigten. Die beiden waren dermaßen mit der Knipserei beschäftigt, dass sie kaum etwas anderes mitbekamen.

Und ich … Ich klinkte mich mal wieder lieber aus

dem allgemeinen Gruppengeschehen aus und tauchte ab in meine ganz private kleine Welt.

Der Landrover vibrierte jetzt richtig, während Joey den Wagen über die holprige Steppenpiste jagte und eine dicke Staubwolke auf- und hinter uns herwirbelte.

Ich war immer schon geschickt darin gewesen, mich in meinem privaten Kopfkino zu verlieren. Ich klickte mich kurzerhand weg, sofern sich auch nur die kleinste Chance dazu ergab. Als Studentin hatte ich mir in langweiligen Vorlesungen gerne mal hübsche junge Männergesichter im Hörsaal herausgepickt, um kurz darauf der Langeweile und Schläfrigkeit zu entfliehen: Ich träumte von Dingen, die ich mir in der Realität nicht zugetraut hätte. Vor meinem inneren Auge aber erlaubte ich mir alles: Ich lutschte an schönen erigierten Schwänzen wie an einem Eis am Stiel. Während mich gleichzeitig ein weiterer hübscher Kerl von hinten nahm. Bei solchen Phantasie-Orgien brauchte ich bloß noch die Muskeln meines Beckenbodens immer wieder rhythmisch anzuspannen und zu lockern – und ein heftiger Orgasmus war der Lohn für die kleine Gymnastik mitten im vollbesetzten Hörsaal. Dabei lernte ich auch, völlig geräuschlos zum Höhepunkt zu kommen. Man konnte ja nie wissen, wozu man eine solche Fertigkeit noch einmal brauchen würde. Hinterher jedenfalls fühlte ich mich stets erfrischt wie nach einem Mittagsschläfchen.

Und auch jetzt in dem klapprigen Jeep funktionierte mein kleiner Trick: Im Moment sah ich Damians Lächeln mit den niedlichen Grübchen vor mir. Ich sog seinen männlich-herben Duft ein, und jede Faser meines Körpers reagierte umgehend mit wonnigen Lustgefühlen. Ich sah dem Wildhüter dabei zu, wie er sich die Kleider herunterriss und auf mich zukam. Sein Schwanz stand aufrecht, und vorne auf der Eichel glitzerte ein erster Lusttropfen im Sonnenlicht. Gleich würde ich mich niederknien und ihn mit der Zunge ablecken … Die Knospen meiner Brüste richteten sich erwartungsvoll auf und wurden hart, sie rieben sich bei jedem Atemzug an den Innenseiten meines BHs.

Zwischen den Schenkeln bemerkte ich eine Feuchtigkeit, meine längst in heftigen Aufruhr versetzte Möse produzierte reichlich Säfte. Die erotische Fernwirkung Damians war so stark, dass ich sehr bald schon merkte, wie sich unaufhaltsam der Höhepunkt ankündigte. Lustwellen jagten in immer kürzeren Abständen und ständig stärker werdend durch meine Pussy und wurden durch die Vibrationen des Jeeps von unten noch zusätzlich befeuert. Mein Körper stand buchstäblich in Flammen, jedes Fleckchen meiner ohnehin erhitzten Haut schien sich in ein Epizentrum der Lust zu verwandeln. An einem gewissen Punkt spannte ich die Muskulatur des Beckenbodens an, ließ wieder locker, presste dann noch einmal die Innenseiten der Oberschenkel zusammen – und da war es auch schon passiert. Meine Perle war vor Lust ganz heiß geworden, und diese Hitze ließ mich nun kommen. Meine Muschi pulsierte erregt, Muskeln tief in mir drinnen zogen sich rhythmisch zusammen, der Höhepunkt durchflutete meinen Körper. Mit Mühe unterdrückte ich ein Stöhnen.

Hinterher fühlte ich mich deutlich besser und war sogar für ein Weilchen fähig, an der Realität anzudocken und den Rest des Safariausflugs mit der Gruppe zu genießen.

Myriam, die neben mir saß, boxte mich plötzlich unsanft in die Seite. »Na, aufgewacht? Du wirkst heute so geistesabwesend, den ganzen Tag schon. Was ist denn los mit dir?«

Ich grinste sie schräg von der Seite her an. »Ach, ich habe nur geträumt.«

6

Am Abend wurde wieder am offenen Feuer gegrillt. Joey und Maria kümmerten sich gemeinsam um die Gestaltung dieses Barbecues. Der Rest des Mitarbeiterstabs unseres Camps war auf der verzweifelten Suche nach Zaira.

Maria und Joey bemühten sich nach Kräften, uns Gästen dennoch einen angenehmen Abend zu bereiten. Wir sollten nicht unter der nervösen Hektik leiden, sondern unseren Urlaub unbeschwert genießen. Letzteres schien auch allen zu gelingen, zumindest nachdem großzügig Rumpunsch und Flaschenbier ausgeschenkt wurde. Selbst Axel war ausgesprochen guter Laune und wirkte gelöst wie selten. Die Einzige mit einem langen Gesicht war wohl ich, obwohl ich versuchte, jedes Mal breit zu lächeln, wenn jemand auch nur in meine Richtung schaute.

Wir hatten alle einen guten Nachmittag gehabt. Nach der Rückkehr aus der Savanne waren wir zur Erfrischung in die beiden Pools gesprungen, und dabei wurde viel herumgealbert. Anschließend war jeder in sein Zelt gegangen, zum Duschen und Umziehen.

Zunächst hatte ich mich auch noch erfrischt und

entsprechend munter gefühlt. Aber meine Stimmung kippte in dem Moment, als mit einiger Verspätung Tom am Lagerfeuer auftauchte, jungenhaft grinsend und im Schlepptau – eine gewisse Shirley aus London.

»Hi, guys!«, grüßte Tom fröhlich aufgeräumt in die Runde. »Das hier ist Shirley, frisch aus England importiert.«

»Die ist ja süß!«, stellte Axel anerkennend fest. Er hatte wirklich ein Talent dafür, immer genau das Falsche zu sagen.

Ich warf ihm einen bösen Blick zu.

Axel zuckte zusammen. »Was ist denn mit dir los, Clärchen?«

Ich schnaubte.

»Ah, jetzt verstehe ich! Du hast deine Tage bekommen. Sole ist dann auch immer so zickig.«

»Idiot!« Ich drehte mich um und ließ ihn einfach stehen.

Weit kam ich allerdings nicht, denn Tom lief hinter mir her und hielt mich am Arm fest. Ich blieb stehen.

»Hi, Clara. Darf ich dir Shirley vorstellen, sie würde dich gerne kennenlernen.«

Überraschung! Tom musste mich ihr gegenüber erwähnt haben, sonst machte Shirleys Wunsch, mich kennenzulernen, eigentlich gar keinen Sinn. Und das wiederum bedeutete aber wohl auch, dass zuerst Damian mit Tom über mich gesprochen haben musste. Was wiederum nur eine Schlussfolgerung zuließ: Ich war für den Wildhüter doch mehr als eine gewöhnliche Affäre.

Oder verrannte ich mich wieder mal in eine meiner

Wunschvorstellungen? Ich fragte mich, wie viel Tom und Shirley über mich oder gar die Nacht am Wasserloch wussten.

Was für ein Hohn es doch war: Ausgerechnet ich bewohnte alleine das Honeymoon-Zelt. Alle anderen waren zu zweit, jetzt hatte sogar Tom eine Mitbewohnerin bekommen – auch wenn die sich vermutlich schon bald auf das Objekt *meiner* Begierde stürzen würde …

Meine etwas verworrenen Gedankensprünge kamen zu einem vorläufigen Ende, denn da stand sie vor mir: rothaarig, bildhübsch, supersexy gestylt. Wunderschöne grüne Katzenaugen und ein Teint wie aus Porzellan. Ellenlange Beine, schmale Taille und große, wohlgeformte Brüste. Sicherlich war diese Traumfrau auch noch hochintelligent. Und jetzt würde sie obendrein noch Damian bekommen. Das Leben war ungerecht!

Shirley reichte mir die Hand und musterte mich ungeniert. »Du bist also Clara!«

»Genau. Ich freue mich, dich kennenzulernen, Shirley.«

Sie lächelte mich an, und ihre Katzenaugen funkelten. Dann schenkte sie Tom, der neben uns stand, ein wahrhaft reizendes Lächeln, ehe sie sich erneut mir zuwandte. »Tom, Damian und ich sind alte Freunde. Wir haben zusammen studiert, das muss etliche Millionen Jahre her sein.«

»Ich weiß«, erwiderte ich trocken. »Damian hat mir davon erzählt. Aber ihr habt euch alle drei gut gehalten, trotz der verflossenen Millionen von Jahren.«

Shirley warf den Kopf in den Nacken und lachte. »Du hast ja Humor, Süße! Das freut mich so für Damian. Eine humorlose Frau an seiner Seite wäre das Letzte, was wir uns für ihn wünschen. Stimmt doch, Tom, oder etwa nicht?«

Und der sympathische, nette Tom warf sich Shirley in diesem Augenblick fast zu Füßen und beeilte sich, ihr in allen Punkten recht zu geben, während er sie mit glänzenden Augen ansah. Ohne zu lächeln, aber mit sichtlich erweiterten Pupillen. Tom wirkte echt schwer verliebt!

Unwillkürlich fragte ich mich, ob er schon früher so heiß auf Shirley gewesen war … Für mich sah es jedenfalls ganz danach aus.

Aber ob Tom Manns genug wäre, dieses Vollweib zu bändigen? Ich wünschte ihm jedenfalls von ganzem Herzen vollen Erfolg dabei. Und ich machte mir keinerlei Illusionen für den Fall, dass Tom versagen sollte. Shirley war so verdammt schön, sexy und clever – sie würde Damian zweifelsohne wieder ins Bett kriegen, wenn sie es wirklich darauf anlegte.

Um dieser Sache hier eine echte Chance zu geben, ließ ich Tom und Shirley, die schamlos miteinander flirteten, nun stehen.

Ich drückte fest beide Daumen – einen für Tom, einen für mich – und machte mich hastig davon. Immerhin wartete eine Mail darauf, endlich geschrieben zu werden. Es hatte keinen Sinn, eine weitere schlaflose Nacht mit Nachdenken über den passenden Text zu verbringen. Claus verdiente keinerlei Schonung mehr, weshalb also sollte ich meine Worte sorgfältig abwägen? Kurz und bündig würde ich meine Meinung darlegen und die Sache dann zügig zu Ende bringen. Im Moment war die Internetecke nicht besetzt. Und das kam mir durchaus entgegen.

Und hinterher wollte ich sofort in mein Zelt. Relativ zeitig schlafen zu gehen würde mir zumindest für morgen und den großen Safariausflug einen rosigen Teint bescheren. Nicht auszudenken, wenn ich jetzt auch noch einen Ausschlag bekäme vor lauter Frust über die makellose Porzellanhaut, die Shirley hatte.

Ich würde es Tom ja so sehr gönnen, wenn er heute Nacht noch bei ihr zum Zuge käme. Sie sollte ruhig ihren Spaß haben – wenn es nur in anderen Armen passierte als ausgerechnet in Damians.

Die Mail an Claus kostete mich eine halbe Stunde, bevor ich sie endgültig per Mausklick in den Äther entließ.

Endlich war die unselige Geschichte zwischen uns beendet, und ich fragte mich nun, warum es mich so viel Zeit und Energie gekostet hatte, mich von Claus zu lösen. Aber dann fiel mir Zukhara wieder ein, eine kluge, stolze Frau! Und sie war ebenfalls auf Claus abgefahren, jedenfalls lange und heftig genug, um jetzt sogar von ihm schwanger zu sein. Böse Jungs kamen eben immer wieder zum Zuge …

Ich fuhr den Computer herunter, stand auf und verließ das Clubhaus durch einen Nebenausgang. Dann schlenderte ich durch den nördlichen Teil des Camps zurück. Das war die längste überhaupt mögliche Streckenführung bis hinüber zu meinem Zelt. Im Grunde genommen war ich nämlich nicht wirklich müde und hoffte deshalb, ein kleiner Fußmarsch würde dem abhelfen. Obendrein verspürte ich nicht die geringste Lust, auch nur in die Nähe des Lagerfeuers zu geraten und von den anderen gesehen und zum Bleiben überredet zu werden. Ich wollte allein sein, zu viele Dinge waren in zu kurzer Zeit passiert und wollten erst mal verarbeitet werden.

Ich passierte das erste der Gästezelte, das etwas abseits von den übrigen stand, ähnlich wie meins. Obwohl ich keine Taschenlampe dabeihatte, konnte ich mich hier draußen gut orientieren, weil zwischen den Büschen und Sträuchern der Gartenanlage in regelmäßigen Abständen kleine Lichtstrahler in den Boden eingelassen waren.

Drinnen in dem etwas abseits stehenden Zelt ging plötzlich Licht an. Es erhellte zwar nicht den äußeren Bereich um das Zelt herum, reichte jedoch aus, dass ich in diesem Moment drinnen zwei Schattengestalten ausmachen konnte.

Ein Mann und eine Frau.

Tom und Shirley – ich erkannte sie ohne jeden Zweifel an ihren Schatten, die dort drinnen herumtanzten. Die beiden waren sich offenbar vollkommen sicher, unbeobachtet und allein zu sein.

Vom weiter entfernten Grillplatz drangen Stimmen und Gelächter bis hierher, dazwischen laute, schnelle Gitarrenklänge. Joey. Er konnte ganz gut spielen, und seine warme, tiefe Stimme trug weit in der Nacht.

Die beiden Menschen im Zelt waren gerade dabei, ein Schattenspiel der besonderen Art aufzuführen. Und genau in diesem Augenblick musste ich nun zufällig vorbeikommen, es war nicht zu fassen. Oder war das ein Fingerzeig des Schicksals?

Wie angewurzelt blieb ich stehen, brachte es einfach nicht fertig, die Blicke abzuwenden und weiterzugehen. Ich beobachtete, wie Tom sich Shirley näherte, beide klammerten sich schließlich aneinander wie Ertrinkende und küssten sich. Dann zerrte er ihr ein Kleidungsstück über den Kopf, und ich erkannte unglaublich wohlgeformte große Brüste, deren steife Nippel auch von hier draußen noch gut zu erkennen waren.

Shirley legte jetzt selbst Hand an: Sie öffnete den Reißverschluss von Toms Hose und streifte sie ihm schließlich ab.

Toms riesiges Schattenbild zeigte nunmehr einen kräftigen Ständer. Jetzt nahm Shirley Toms Schwanz tief in den Mund. Die Locken wirbelten dabei wild um ihr Gesicht herum, ihr Kopf flog ständig schneller werdend auf und ab, auf und ab.

Er unterstützte ihre Bemühungen, indem er mit einer Hand Shirleys Hinterkopf umfasste. Er drückte sie immer wieder weiter zu sich heran. Und beförderte damit seinen Prügel tiefer hinunter in ihre Kehle, so dass er schließlich fast gänzlich in ihrem Mund verschwunden war. Shirley umklammerte mit beiden Händen seine Hüften und schob Tom ein Stück weit von sich weg. Sein Ständer flutschte während dieser Aktion aus Shirleys Mund heraus, die sich sofort den steil aufragenden Schaft griff und ein paar Mal kräftig daran auf und ab wichste. Das reichte bereits aus. Tom spritze ab und stieß einen tiefen, kehligen

Urlaut aus, den ich sogar hier draußen auf meinem Beobachtungsposten noch hören konnte. Aber würde das Shirley wirklich zufriedenstellen?

Mannomann, Tom! Leg ruhig noch einen Zahn zu. Wirf sie aufs Bett, leck sie, bis sie ebenfalls heftig kommt. Und dann vögle sie so richtig durch. Lass sie meinetwegen das ganze Camp zusammenschreien. Aber fick sie, Tom, hörst du? Fick sie durch, so oft und so gut und so hart, wie du nur kannst. Nimm sie dir, sonst nimmt sie mir meinen Damian weg …

Der männliche Schatten drüben im Zelt hob an dieser Stelle tatsächlich den weiblichen hoch und trug ihn auf seinen Armen bis etwa in die Mitte des Zeltes, wo ich das Bett vermutete.

Dann entschwanden sie aus meinem Blickfeld.

Und für mich wurde es jetzt Zeit, endgültig in mein eigenes Zelt und das dort auf mich wartende einsame Lager weiterzugehen.

7

Der große offene Landrover mit seinen insgesamt zehn Sitzplätzen war vollgepackt und startbereit.

Shirley wirkte frisch und munter, sie strahlte, ihre grünen Augen glänzten. Tom wirkte hingegen ein bisschen angeschlagen, aber durchaus glücklich. Auch er war guter Laune, aber das schien er ja immer zu sein.

Ich entschied mich dafür, das alles zusammen als ein einziges gutes Omen zu werten und auf eine insgesamt erfolgreiche Liebesnacht der beiden zu schließen. Jedenfalls saßen sie momentan dicht nebeneinander hinten im Landrover und damit so weit es nur ging entfernt von unserem Fahrer.

»Clara, du setzt dich bitte vorne hin, auf den Beifahrersitz, ja? So kannst du mir ein wenig helfen und ebenfalls Ausschau nach der weißen Löwin halten. Wir werden auf dem heutigen Ausflug vermutlich nicht fündig werden, aber andererseits kann man nie wissen«, raunte Damian mir bei unserer kurzen Begrüßung zu.

Er wirkte kaum weniger angespannt als gestern, denn der Suchtrupp von heute Nacht war erfolglos ins Camp zurückgekehrt. Zukhara war Damians Worten zufolge zwar weiterhin zuversichtlich, was Zairas Wohlbefinden anging, aber sie blieb dennoch spurlos verschwunden. Und für ihre Jungen würde es dort draußen sicher tödlich enden, sobald sie geboren waren. Die Rudelführer würden kein Erbarmen walten lassen, in diesem Punkt versagte sogar Zukharas Optimismus. Heute würde erneut ein Suchtrupp unter ihrer Führung losziehen, während Damian uns auf die Safari begleitete.

Mein Herz zog sich einen Augenblick lang schmerzhaft zusammen, als ich ihm dabei zusah, wie er hinters Steuer glitt und verschiedene Utensilien – ein Fernglas und mehrere Taschenlampen – sorgfältig im Ablagefach unter dem Armaturenbrett verstaute. Wie bedrückt er aussah!

Mein Wildhüter tat mir unendlich leid, weil er so dermaßen unter Stress stand. Und ich selbst tat mir ebenfalls leid, weil ich ihn so gerne getröstet und etwas abgelenkt hätte, aber selbst auf dem Sitz neben ihm nichts unternehmen konnte.

Es war später Vormittag, als wir aufbrachen. Geplant war, den Nachmittag über in nordöstlicher Richtung die Savanne zu durchqueren, wobei wir auch Teile des riesigen Krüger-Nationalparks erkunden wollten.

Gegen Abend, zum Einbruch der Dämmerung, sollten wir laut Zeitplan wieder in der näheren Umgebung des Camps eintreffen. Dann würde da draußen irgendwo das angekündigte Lagerfeuer entfacht werden. Diesmal in der freien Wildnis, außerhalb des umzäunten Reservats. Sinn und Zweck war es, uns Touristen wenigstens einmal die Möglichkeit zu geben, wilde Tiere auf nächtlicher Pirsch zu beobachten. In der afrikanischen Savanne wurde es nämlich erst in der Nacht so richtig lebendig.

Wortlos kletterte ich auf den Beifahrersitz und legte den Gurt an. Damian hatte uns alle dazu ermahnt. Denn in dem offenen Gefährt gab es keinerlei schützende Seitenwände, nicht einmal ein Dach. Wir sollten so direkt wie möglich auf Tuchfühlung mit der Natur gehen und alles ungestört beobachten und fotografieren können, was sich in der Savanne so abspielte. Eine echte Safari eben.

Und ich saß nun tatsächlich – wie noch gestern lediglich erträumt – vorne direkt neben Damian im Landrover.

So weit war die Sache also durchaus für mich in Ordnung. Lediglich die schnatternde und streitende Herde hinter uns im Wagen erwies sich als nicht unbeträchtlicher Störfaktor. Meine Freunde waren heute ziemlich aufgekratzt.

»Meister! Gibt es heute vielleicht unterwegs auch mal eine Gelegenheit zum Fahrerwechsel?«

Das war wieder mal Axel.

Er saß mit Sole, die sehr bedrückt wirkte, direkt hinter uns. Ausgerechnet. Aber doch besser, als wenn es Tom und Shirley gewesen wären. Shirley wollte ich am liebsten überhaupt nicht in der Nähe des Wildhüters sehen.

Damian drehte sich nicht um, sondern fuhr erst mal los.

Und Axel legte nach. »Die vielen Stunden hinterm Steuer heute solltest du nicht unterschätzen. Das ist nicht ohne. Bei uns in Deutschland wäre das gar nicht erlaubt. Da sind regelmäßige Ruhepausen vorgeschrieben, in der Personenbeförderung sowieso.«

Axel lief allmählich zur Hochform auf.

Damian warf einen kurzen Blick in den Rückspiegel. »Nur keine Sorge. Wir haben Lunchpakete und Kühlboxen mit Getränken an Bord und werden genug Ruhepausen einlegen. Wir im Camp gehen keine unnötigen Risiken ein. Das solltet ihr aus der Broschüre wissen, die ihr zur Begrüßung bekommen habt. Im Übrigen geschieht die Teilnahme an unseren Safari-Ausflügen ausdrücklich auf eigene Gefahr. Ihr habt alle bei der Ankunft ein Papier hierzu unterschrieben. Schon vergessen? Noch kann ich aber gerne wieder anhalten, falls jemand lieber hierbleiben möchte?«

Axel räusperte sich. »Alles klar. Dann weiß ich ja Bescheid.«

Viele Stunden lang ging es durch die afrikanische Savanne. Es war staubig und warm. Die Sonne brannte, aber durch den Fahrtwind merkten wir das nicht so.

Damian fuhr um einiges sanfter und ausgeglichener als Joey am Tag zuvor. Dennoch wurden wir auch heute wieder so manches Mal heftig durchgeschüttelt. Aber das gehörte nun einmal dazu, niemand beschwerte sich, nicht einmal mehr Axel. Immerhin gab es viel zu viel zu sehen, und man vergaß darüber automatisch alles andere. Die Ehrfurcht vor der wunderbaren Landschaft ließ uns alle verstummen.

Selbst ich konnte auf einmal alles hinter mir lassen, Claus, Zukhara und ihr ungeborenes Kind, Zaira und ihre Jungen, Shirley und Tom. Vor allem Shirley, was für eine Wohltat.

Dieser selbstvergessene Zustand kam dem Paradies in meiner Vorstellung schon deutlich näher. Ich genoss es, die afrikanische Wildnis so pur zu erleben, denn heute konnte ich mich selbst endlich wieder spüren. Die Welt um mich herum wirkte auf mich dadurch nicht mehr wie eine Kulisse, sondern war faszinierende Realität. Ich war mittendrin im Geschehen und an Damians Seite fühlte ich mich lebendig und hellwach zugleich.

Wir sahen eine Herde Nashörner an einem großen Wasserloch. Büffel rannten bei unserem Anblick los und wirbelten eine Staubwolke auf. Hyänen verdrückten sich in die Büsche. Antilopen und Gnus jagten vor unserem Jeep her und schlugen dabei Haken.

Schließlich kamen wir an einer Herde Elefanten vorbei. Die Dickhäuter reckten die Rüssel, als wollten sie uns zuwinken. Auch Löwen bekamen wir zu Gesicht. Die majestätischen Tiere wirkten in der Hitze des Tages allerdings schläfrig. Träge kauerten oder lagen sie im Steppengras und würdigten uns kaum eines Blickes.

Sogar Adler kreisten hoch über unseren Köpfen, während wir dichtes Grasland befuhren, auf dem auch Büsche und Bäume wuchsen. Eine Zeitlang wurde die Landschaft schließlich ziemlich hügelig. Hier herrschte Granitboden vor, wie Damian uns zwischendurch erklärte.

Später kamen wir in ein ausgedehntes Savannengebiet, wo die Erde rot leuchtete. Vor allem, als die

Sonne am späten Nachmittag dann tiefer stand und alles um uns in goldenes Licht tauchte.

Wir legten nochmals eine Rast ein. Alle wollten fotografieren, diese wunderbare Stimmung und das Licht einfangen, etwas trinken und sich die Beine vertreten.

Und dann trat Axel mal wieder in Aktion … Großspurig baute er sich vor Damian auf, als der gerade zurück auf den Fahrersitz klettern wollte.

»Ich bin der Meinung, dass wir mal einen kleinen Fahrerwechsel vornehmen sollten. Ich bin in jeder Hinsicht fit und nüchtern. Mir gehört eine Fahrschule in München. Und wenn sich einer mit Autofahren und Motoren auskennt, dann bin ich das! Oder geht es darum, dass ihr beiden Hübschen vorne besser und ungestörter schäkern könnt? Also Sole und ich, wir würden auch gerne mal auf den Logenplätzen sitzen, was, Schatz?«

Sole verdrehte genervt die Augen und tippte sich vielsagend an die Stirn. Damian zuckte nach Axels unverschämter Anspielung kurz zusammen, was mich wiederum stärker beschäftigte als die Äußerung selbst.

Aber dann warf Damian Axel tatsächlich den Autoschlüssel zu. Der fing ihn grinsend auf und hievte sich triumphierend hinters Steuer. Sole kletterte mit finsterem Gesichtsausdruck neben ihn auf den Beifahrersitz. Sie warf mir einen entschuldigenden Blick zu und verdrehte erneut die Augen.

Damian erklärte Axel auf einer Landkarte den einzuschlagenden Rückweg. Wir fuhren auf einer völlig anderen Route in Richtung Camp zurück. Diese Strecke sollte deutlich kürzer sein, die Pisten breiter und besser gepflegt und damit schneller zu befahren.

Der Höhepunkt des Ausflugs – eine Nacht im Busch am Lagerfeuer – stand uns ja immerhin noch bevor.

Ehe Axel den Gang einlegte und losfuhr, drapierte er einen Arm um Soles Schultern. Sole drehte den Kopf weg und starrte in die Landschaft.

Damian und ich saßen nun dicht nebeneinander auf den Plätzen, auf denen sich vorher noch Axel und Sole stundenlang angeschwiegen hatten. Auch wir beide sprachen kein Wort. Aber wir spürten uns und fühlten, wie unsere Körper miteinander kommunizierten. Und ich stellte schmunzelnd fest, dass Axel mir ungewollt einen Gefallen erwiesen hatte. Hier hinten kam ich dem Wildhüter viel näher, weil uns kein lästiger Schaltknüppelkasten trennte.

Mein ganzer Körper reagierte umgehend auf Damians Nähe und sehnte sich nach ihm. Erlösung war jedoch nicht in Sicht. Obwohl ich mich jetzt so gerne in die Arme des Wildhüters geworfen hätte, musste ich mich doch beherrschen, wenigstens nach außen hin.

Natürlich gelang es auch Axel nicht, die Savanne ohne Holpern zu befahren. Wir wurden tüchtig durchgerüttelt, alles wie gehabt. Ich genoss es jedes Mal, wenn ich dabei trotz Sicherheitsgurt gegen Damians Brust geworfen wurde. Vor allem, wenn er mich dann kurz festhielt – und ein, zwei Sekunden länger als nötig noch dazu.

Mein Herz klopfte, kleine Schweißtropfen perlten mir über Rücken und Brust. Meine Jeans waren längst feucht zwischen den Beinen und scheuerten … Und wir, der Wildhüter und ich, wir rochen uns und stellten fest, dass wir uns riechen konnten. Tatsächlich *riechen,* auch noch nach vielen schweißtreibenden Autostunden in der afrikanischen Savanne. Ich war ganz sicher, dass es Damian genauso ging. Ich erriet es aus seinem plötzlich verschmitzten Lächeln. Und auch seine Körperhaltung sprach Bände. Ich fühlte Damians Herz klopfen, und das meine schmerzte wieder einmal unsäglich vor lauter Verlangen und ungestillter Lust.

Einmal mehr wünschte ich mir, die anderen würden sich kurzerhand in Luft auflösen. Meinetwegen konnten sie Damian und mich auch einfach hier in der Wildnis aussetzen.

Was allerdings dann passierte, darauf wäre ich nie und nimmer gekommen.

Die Dämmerung begann sich bereits herabzusenken, und Axel trat noch einmal kräftig aufs Gaspedal. Damian hatte ihm gerade noch zugerufen, die Stelle für unseren geplanten Feuerplatz wäre nur noch wenige Fahrminuten entfernt.

Die Strecke war seit einer Weile bereits ungewöhnlich breit und auch gut befahrbar gewesen. Wir befanden uns in einer weiten Ebene, links und rechts der Piste erhoben sich sanfte Hügel, die mit Steppengras, Büschen und Bäumen bewachsen waren.

Selbst Damian protestierte nicht, als Axel immer schneller fuhr. Doch dann tauchten plötzlich kurz hintereinander einige richtig holprige Stellen auf. Dennoch drückte Axel das Gaspedal immer weiter durch – und da geschah es dann. Axel preschte über eine größere Grasnarbe, und wir hoben mitsamt Landrover kurz ab. Als wir wieder aufsetzten, jagte der Landrover auch schon abseits der Piste in voller Geschwindigkeit durch das buckelige Gelände. Endlich bremste Axel, aber da war es bereits zu spät. Wir spürten einen harten Schlag von unten, hörten ein schrilles Kreischen und blieben mit einem heftigen Ruck einfach stehen.

Wir mussten auf irgendeinem Hindernis aufsitzen, die Räder jedenfalls hingen in der Luft und drehten durch. Nichts ging mehr.

»Scheiße!«, fluchte Axel. Dann sprang er auch schon aus dem Wagen, Damian gleich hinterher.

»Die Achse ist gebrochen!«, erklärte Damian ruhig und fast emotionslos, nur ein ganz, ganz leises Grollen in der Stimme.

Er holte sein Handy aus der Brusttasche seines Hemdes. »Mist, kein Empfang, auch das noch.«

Ich fragte mich, wann Damian explodieren würde. Ich hätte Axel nämlich am liebsten geohrfeigt. Sole ging es genauso, ich konnte ihr das deutlich ansehen. Auch die anderen blickten verärgert in Axels Richtung. Shirley sagte sogar laut und vernehmlich zu Tom: »Was für ein arrogantes Arschloch!« Zumindest in diesem Punkt konnte ich ihr nur zustimmen.

»Hat eventuell jemand von euch ein Handy dabei, das Empfang hat?« Damian sah nicht so aus, als würde er im Ernst eine positive Antwort erwarten.

Natürlich hatten wir fast alle unsere Handys im

Camp gelassen. Und auch das Telefon, das Tom im Camp ausgeliehen hatte, hatte hier kein Signal.

Wenig später stellte sich dann zu allem Überfluss noch heraus, dass das sich an Bord befindliche Funkgerät nur kratzende Geräusche von sich gab.

Aber Damian fing sich schneller wieder als wir.

»Okay, Leute, dann machen wir eben hier Rast. Die Stelle ist so weit sicher, wir ziehen lediglich vorsichtshalber mit dem Spaten eine breite Rinne um den Feuerplatz, damit sich das Feuer nicht weiter ausbreiten kann. Anschließend machen wir wie geplant erst mal unser abendliches Picknick. Sobald Joey ins Camp zurückgekehrt ist und feststellt, dass er keinen Handy- oder Funkkontakt zu mir kriegt, wird er uns entgegengefahren kommen. Er wird uns finden, keine Sorge.«

Die Dämmerung sank immer rascher herab, bald würde es dunkel sein. Die Luft war wunderbar mild und erneut erfüllt von dem Zirpen der Zikaden. Ich fürchtete mich nicht, denn ich fand die Situation romantisch. Auch die anderen waren bereits wieder guter Dinge, mit Ausnahme von Axel. Der bekam jede Menge Frotzeleien ab, außerdem ärgerte er sich über sich selbst.

Das Feuer war gerade entzündet worden, als wir neben dem vertrauten Zirpen der Zikaden plötzlich ein dumpfes, merkwürdiges Grollen vernahmen. Ich bekam sofort eine Gänsehaut, und ein Schauer lief mir über den Rücken. Aber dieses Mal war nicht körperliches Begehren hierfür verantwortlich. Ich hatte Angst.

»Löwen!«, rief Damian, der gerade vor dem Lagerfeuer kniete und darin herumstocherte, um es weiter anzufachen. Er sprang auf.

Wir wurden still und hielten gebannt den Atem an. Da war es wieder, dieses unheimliche Grollen. Es wurde intensiver und lauter, und es schien sich uns zu nähern.

»Haben wir eigentlich auch ein Gewehr dabei?«

Axel! Erwacht zu neuem Leben, großspurig wie gehabt. Gleich würde er sich als passionierter Großwildjäger outen.

»Ja, ein Gewehr mit fünf Patronen«, erklärte Damian ruhig. »Mit dem wir aber keine Tiere töten, sondern nur in die Luft schießen werden. Das vergrault sogar Löwen, kurzfristig zumindest, und gibt gleichzeitig Signale an die Wildhüter in unserer Nähe ab …«

»*Falls* zufällig jemand in der Nähe ist!«, erwiderte Axel und spuckte verächtlich ins Feuer. »Könnte man die Signalschüsse auch bis ins Camp hören?«

»Wenn wir Glück haben«, sagte Damian nachdenklich. »Aber sicher ist es nicht. Es hängt auch davon ab, wie der Wind steht. Wir sind nicht sehr weit vom Reservat entfernt, ein Fußmarsch von einer guten halben Stunde, vielleicht etwas mehr, würde ich mal schätzen.«

»Warum marschieren wir dann nicht einfach mit den Taschenlampen los?«, mischte sich jetzt Tom ein.

Shirley stand dicht neben ihm und nickte. »Da bin ich auch dafür.«

Myriam, Gunter, Ann-Kathrin und Michael schlossen sich ihr an. »Ja, wir sind da ebenfalls dafür. Marschieren wir doch einfach alle los, am besten sofort!«

Damian schüttelte den Kopf. »Das ist keine gute Idee. Und da ich die Verantwortung trage, rührt sich auch keiner vom Feuerplatz weg, verstanden? Löwen jagen nachts, wie ihr alle wisst. Und unsere Freunde hier …« – er brach kurz ab, denn soeben erklang wieder ein bedrohliches Grollen, ziemlich nahe dieses Mal. Und meine Gänsehaut war auf der Stelle wieder da, stärker als zuvor. Ich ängstigte mich immer mehr.

»Unsere Freunde befinden sich auf der Pirsch, sie sind hungrig, und sie haben uns gewittert«, fuhr Damian fort. »In unmittelbarer Nähe zum Feuer sind wir momentan relativ sicher. Aber jetzt mit lediglich einem Gewehr, fünf Patronen und Taschenlampen bewaffnet dort raus in die zunehmende Dunkelheit zu marschieren, wäre schlichtweg Wahnsinn. Wenn einer von uns in Panik losrennt, würde er den Jagdinstinkt der Löwen wecken und einen lebensgefährlichen Angriff riskieren. Wir bleiben hier. Noch Fragen?«

Wir schüttelten betreten die Köpfe und gingen unwillkürlich näher ans Feuer heran.

Und ausgerechnet ich war es dann, die diese gruselige Entdeckung machen musste. Ich sah mich nämlich um und zufällig genau in die richtige Richtung: Mehrere gefährlich funkelnde Augenpaare starrten zurück.

Ich brachte keinen Ton heraus, lediglich ein Keuchen, während ich einen Arm ausstreckte und aufgeregt vor mich deutete. Dort tauchten immer mehr

Löwen aus der Dämmerung auf, die langsam begannen unseren Rastplatz – und uns – zu umkreisen.

Als die anderen in die Richtung meines Zeigefingers blickten, erstarrten sie und wirkten wie gelähmt. Außer Damian. Sein Körper schien locker, lediglich ein Zucken um die Mundwinkel herum verriet mir seine innere Anspannung. Auch seine Schultern schienen sich gestrafft zu haben, die Muskeln an seinen nackten, gebräunten Unterarmen spielten sichtbar unter der Haut.

All meine Sinne waren angespannt, meine Ohren und Augen schienen schärfer eingestellt als üblich. Mein Herz schlug dumpf dazu, vermutlich hing auch das mit dem erhöhten Adrenalinausstoß in meinem Körper zusammen.

»Bleibt ruhig und zeigt keine Angst!«, forderte uns Damian mit halblauter, fester Stimme auf. »Keine heftigen Bewegungen! Bleibt alle nah beim Feuer und dicht zusammen.«

Soeben war auf dem nächstgelegenen Hügel ein majestätisches Tier erschienen. Ruhig wie eine Statue verharrte es dort oben, sein ungewöhnlich helles Fell war selbst in der hereinbrechenden Dunkelheit noch gut zu erkennen.

Eine weiße Löwin!

»Zaira!«, murmelte Damian fassungslos.

Die ockerfarbenen Artgenossen unserer Ausreißerin waren auf einmal vollständig abgelenkt von uns. Das Löwenmännchen drehte uns sogar den Rücken zu und fixierte nur noch starr den Hügel, auf dem die weiße Löwin stand.

Die Zeit schien stillzustehen, die nächtliche Savanne den Atem anzuhalten, selbst die Zikaden verstummten. Und dann tauchte eine weitere Erscheinung aus der Nacht auf! Eine hochgewachsene schwarze Frau, die langsam auf uns und unseren Feuerplatz zuschritt. Mit geradem Rücken, festen Schritten und hocherhobenem Kopf kam sie näher. Ihr langes Kleid aus Baumwolle war leuchtend rot mit weißen Tupfen, und sie trug einen weißen Turban.

»Zukhara!«

Da stand sie auch schon neben uns und lächelte uns zu.

»Es wird Zeit für euch beide, Damian und Clara!«, sagte Zukhara. Sie sprach in normaler Lautstärke zu uns, als befänden wir uns in ihrer Hütte und nicht mitten in einem Löwenrudel.

»Ihr beiden geht mit einigen Taschenlampen los in Richtung Camp, es liegt dort drüben …« Ihr ausgestreckter Arm wies uns die Richtung. Damian nickte bloß, er sagte nichts.

»Ich bleibe hier bei euren Freunden, bis ihr mit einem anderen Wagen zurückkommt und uns abholt. Die Löwen werden weder uns noch euch angreifen. Habt keine Angst.«

»Und Zaira?«, fragte Damian nun doch.

»Sie wird ins Camp zurückkehren, noch heute Nacht.«

»Woher weißt du das, Zukhara?«

»Ich weiß es eben, Damian. Und du glaubst ohnehin nicht an uns Schamanen und unsere überlieferten Fähigkeiten, also frag auch nicht weiter nach. Nimm es einfach, so wie es ist. Und vertrau mir. Zaira wird in wenigen Stunden ihre Jungen zur Welt bringen.«

»Zukhara, bist du sicher, dass du hier mit den anderen bleiben kannst?«

»Damian, du musst mir vertrauen, verstehst du?«

Damian sah mich an, ich nickte und streckte eine Hand nach ihm aus. Er nahm sie, und wir gingen los.

Wir liefen eine Weile schweigend und Hand in Hand durch die Dunkelheit, bis wir irgendwann schemenhaft die ersten vertrauten Umrisse des Camps erkennen konnten.

Da blieb Damian plötzlich stehen. Er zog mich ganz eng an sich, und dann küsste er mich. Sein Mund war warm und fest. Der Kuss fühlte sich leidenschaftlich an, aber vor allem auch sehr zärtlich. Mein Körper zerfloss, ich löste mich auf und vergaß die Zeit. Einige Minuten verstrichen. Dann gab Damian mich wieder frei.

»Komm, lass uns gehen und das hier zu Ende bringen. Aber wenn wir alle gesund und heil zurück im Camp sind, Zaira eingeschlossen, dann gehört der morgige Tag nur uns, Clara! Ich habe eine Überraschung für dich. Ich werde dich entführen.« Er sagte das so, als wäre es das Selbstverständlichste von der Welt.

Ich öffnete die Lippen, da legte sich sein Zeigefinger rasch darauf und verschloss mir den Mund.

»Pst, bitte keine Fragen! Du wirst schon sehen.«

Auf den letzten paar hundert Metern bis zum großen Haupttor des Reservats kam uns Joey schon in dem zweiten der großen Landrover und voll aufgeblendeten Scheinwerfern entgegen.

8

Damian verband mir die Augen und führte mich an der Hand hinüber zu dem kleinen Jeep, der am Morgen direkt vor dem Eingang zur Lounge geparkt war. Den Wagen konnte ich wegen der Augenbinde natürlich nicht sehen, aber Damian verriet mir, wohin er mich brachte, ehe er mir auf den Beifahrersitz half. Bis zur eigentlichen »Überraschung« musste ich mich noch ein wenig gedulden, mein »Entführer« wollte es so.

Ich hätte heute sowieso vieles mit mir machen lassen, zumindest von Damian, dem ich blind vertraute. Das hatte ich bereits gemerkt, als er mir die Augen verband. Ich empfand die Dunkelheit sogar als angenehm, denn ich war dermaßen müde wie schon lange nicht mehr.

Zwar hatte die aufregende Nacht ihren glücklichen Abschluss gefunden, als die anderen wohlbehalten im Camp zurück waren. Auch Zaira war wieder in das Reservat zurückgekehrt. Sie musste dieselbe Lücke im Zaun genutzt haben wie schon bei ihrem Ausbruch, nach der die Mitarbeiter des Camps nun gezielt nach dieser Stelle suchen würden. Aber nicht Damian. Der gehörte heute mir, und er hatte eine Überraschung für mich vorbereitet.

Letzte Nacht war es spät geworden. Wir hatten bis in die frühen Morgenstunden beisammengesessen, geredet und gegessen. Denn der Hunger hatte sich unweigerlich nach dem erfolgreich bestandenen Abenteuer zurückgemeldet.

Und viel zu früh hatte Damian mich dann geweckt. Er war in meinem Zelt erschienen und hatte mich wachgeküsst. »Aufstehen! In einer halben Stunde erwarte ich dich drüben im Gästehaus zum Frühstück. Und keine Widerrede.« Und schon war er wieder weg gewesen. Ich war daraufhin sofort aus dem Bett gesprungen, für einige Momente wie elektrisiert und hellwach. Komischerweise traf mich die erste Müdigkeitsattacke dann pünktlich nach der ersten Tasse Kaffee.

Damian half mir also beim Einsteigen in den Jeep. Er legte mir auch den Gurt um, dabei kam er mir so nahe, dass ich seinen heißen Atem auf der Haut spürte und meine Nippel sofort hart wurden.

Hoffentlich bemerkte er die beiden harten Knöpfchen auch in meiner ärmellosen weißen Bluse. Er sollte ruhig sehen, wie es um mich stand und welche Wirkung er auf mich hatte.

Die Augenbinde blieb, wo sie war, und ich behielt sie gerne auf. Wer nichts sieht, fühlt viel stärker, und zwar mit dem ganzen Körper. Und genau das wollte ich momentan mehr als alles andere auf der Welt: Damian spüren, bis in die letzte Faser meines Körpers.

Ich hörte, wie Damian auf dem Fahrersitz Platz nahm und den Gurt umlegte, dann ließ er den Motor an.

Kurz darauf befanden wir uns auf der Straße – und

dieses Mal tatsächlich ganz allein, nur wir beide, nur mein Wildhüter und ich. Ich konnte mein Glück kaum fassen.

Wir fuhren eine geraume Zeit, redeten kaum. Ich war so erschöpft, dass mir die Augen zufielen und ich sogar kurz einnickte. Erst als irgendwann unweigerlich mein Kopf nach vorne auf die Brust fiel, riss es mich hoch vor Schreck.

»Müde?«, fragte Damian leise neben mir.

Er legte mir die Hand auf das Knie, glitt ein wenig höher. Ich räkelte mich auf meinem Sitz, und die dünne Seide meines Höschens rieb sich an Schamlippen und Klit. Ich fühlte deutlich, wie meine Lustperle pulsierte.

Tatsächlich konnte ich mich heute noch stärker als gestern selber *spüren,* trotz der enormen körperlichen Müdigkeit. Jede noch so winzige Regung meines Körpers bekam ich mit: wie sich die Schamlippen zwischen meinen Beinen öffneten und die Perle in der Mitte freigaben. Und wie diese wiederum anschwoll, härter wurde und sich aufrichtete.

Meine Muschi lechzte nach einem harten Schwanz. Nach dem Schwanz eines ganz bestimmten Mannes, um genau zu sein. Und genau der saß glücklicherweise neben mir im Jeep …

Ich musste leise kichern, während ich darauf wartete, dass Damians Hand sich endlich weiter nach oben schieben würde. Automatisch öffneten sich meine Schenkel zu einem breiten, unanständigen V…

»Was ist denn so komisch?«, wollte Damian wissen – und nahm seine Hand weg.

»Nichts«, erwiderte ich rasch. »Ehrlich. Ich bin bloß hundemüde. Und wenn ich so müde bin, werde ich immer ziemlich albern, weißt du!«

»Nein, wie sollte ich!«, sagte er. »Aber ich werde dies und andere Dinge vielleicht noch herausfinden, eines Tages, wenn du mich lässt.«

»Worauf du dich verlassen kannst!«, murmelte ich.

Der Wagen hielt.

»Wir sind da! Warte, ich hole dich gleich raus, Clara!«

Einen Moment später hob er mich aus dem Jeep, führte mich einige Meter weit über anscheinend leicht sandigen Boden. Dann blieben wir stehen, und Damian nahm mir die Augenbinde ab.

»Was ist das denn?«, fragte ich naiv, obwohl ich es genau sehen konnte.

»Wonach sieht es denn aus?«

»Nun, es ist weiß mit grüner Aufschrift, es hat Flügel und vorne dran so was wie einen Propeller, wenn mich nicht alles täuscht. Ich verstehe nicht viel von Flugzeugen, Damian. Aber das hier ist wohl eher eine kleine Kiste, jedenfalls kein Düsenjet. Was ist es?«

»Eine Piper Cherokee«, erklärte er trocken. »Komm, es geht gleich los, Clara!«

»Und wo ist der Pilot?«

»Der steht neben dir.«

»Du … Du kannst fliegen, du hast einen Pilotenschein?«

»Genau! Ich hatte dir eine Überraschung versprochen, oder nicht? Und hier ist sie.«

Ich versuchte Zeit zu gewinnen, denn auf einmal flatterten meine Nerven.

»Wem gehört der Flieger denn? Dir?«

»Nein, einem guten Freund. Wir transportieren damit Post und Medikamente in entlegene Orte.«

»Und heute transportierst du mich damit?«

»Yes, Madam! Und zwar mit größtem Vergnügen. Rein mit dir.«

Die Piper sauste auf dem breiten Grasstreifen los, der sich hier draußen Startpiste nannte.

Der Motor röhrte auf, die ganze Kiste rumpelte, während sie schlingernd abhob. Im nächsten Moment befanden wir uns auch schon in der Luft und beschrieben erst mal einen halbkreisförmigen Bogen.

Ein seliges Gefühl des Schwebens umfing mich beinahe auf der Stelle und lullte mich tröstend ein. Ich fühlte mich von einem Moment auf den anderen ruhig und geborgen ... und glücklich. So glücklich, wie ich es schon ewig nicht mehr gewesen war. Vielleicht überhaupt noch nie.

Ich blickte durchs Seitenfenster hinaus. Unter uns erstreckte sich die Savanne mit dieser leuchtendroten Erde, die mich bereits auf den Jeep-Safaris so fasziniert hatte.

»Wo fliegen wir eigentlich hin, Damian?«

»Über den Krüger-Nationalpark, so viel verrate ich. Der Rest aber ist und bleibt ... eine Überraschung. Der zweite Teil davon!«

Damian blickte lächelnd zu mir herüber.

Wir flogen mittlerweile tiefer. Unter uns jagte

eine Herde aufgescheuchter Antilopen dahin. Badende Elefanten an einem Wasserloch hoben ihre Rüssel und stellten die großen Ohren auf wie riesige Fächer. Ob die Dickhäuter etwa zu uns herauftrompeteten? Durch die Fluggeräusche konnte ich es nicht hören.

Ich schaute, und ich staunte. Wieder einmal. Über die Herrlichkeit dieses Landes. Mir kamen beinahe die Tränen vor lauter Glück. Und ich verstand wieder einmal aus tiefstem Herzen, weshalb Damian das Leben hier allem anderen vorzog, das Wesentliche dem Oberflächlichen, die fühlbare Natur der Künstlichkeit der sogenannten zivilisierten Welt. Gleichzeitig beneidete ich ihn auch darum. Und begehrte ihn noch heftiger als zuvor.

Ein wenig später landeten wir auf einer eher behelfsmäßigen Landebahn. An deren Ende entdeckte ich jetzt eine Baumgruppe, darunter ein kleines Blockhaus. In einiger Entfernung davon gab es noch ein weiteres Gebäude, bei dem es sich anscheinend um einen kleinen Hangar handelte. Das Ding war wohl genau für die Piper gemacht, als Garage, von der Größe kam es jedenfalls hin.

Neben dem Blockhaus sah ich einen kleinen Jeep stehen.

»Gehört alles meinem Freund Brian!«, erklärte Damian, der meinen fragenden Blick bemerkt hatte. Dann bat er mich, aus der Piper zu springen und ihm beim *Einparken* zu assistieren.

Schließlich stiegen wir in den Geländewagen. Dabei

hatte ich mich auf eine lauschige Rast zu zweit in der Blockhütte gefreut. Na ja.

Kaum dass ich mich auf den Beifahrersitz gesetzt hatte, bekam ich erneut eine Augenbinde verpasst.

»Keine Sorge, der Überraschung zweiter Teil ist nicht mehr weit!«, versicherte Damian mir.

Kaum saß das Ding richtig fest über meinen Augen, gab er mir einen Kuss. Einen festen, fordernden Kuss. Mit harter Zunge, die mich berührte, wenn auch noch nicht ganz an der Stelle, wo ich es wirklich am allerliebsten gehabt hätte. Das Jucken in meiner Muschi wurde immer heftiger ... Doch ich sah ein, dass ich mich mit einem leidenschaftlichen Zungenkuss im Augenblick bescheiden musste. Er dauerte auch ziemlich lange, und das war schön und richtig anregend. Ich konnte mich also wirklich nicht beklagen.

Dann fuhr Damian los. Wir schwiegen. Die Fahrt dauerte nicht allzu lange, vielleicht eine halbe Stunde, und ich nickte zwischendurch mal wieder ein. Doch selbst im Schlaf spürte ich meinen Körper weiterhin. Die heftig juckende Muschi, die harten Brustknospen, Gänsehaut bis in die Zehen.

Mit einem sanften Ruck kam der Wagen zum Stehen. Damian half mir aus dem Jeep, dann stellte er sich hinter mich, ganz dicht, und nahm mir die Augenbinde ab.

Wir befanden uns auf einer Art Lichtung, ringsherum standen Büsche und große Bäume. Etwa in der Mitte der Lichtung reckte ein riesiger Jackalberry-Baum stolz seine Krone in den Himmel. Der Baum, dessen Holz die Termiten verschmähen, ich erinnerte mich.

Als meine Blicke an seinem unglaublich breiten Stamm nach oben glitten, entdeckte ich dort das Baumhaus. Es besaß sogar eine kleine Veranda mit einer umlaufenden Brüstung aus Holz.

»Ist das die Überraschung?«

»Gefällt es dir?«

»Wirklich hübsch!« Hier untertrieb ich, weil mir momentan die richtigen Worte fehlten. Tatsächlich war dieses Baumhaus romantisch und obendrein himmlisch abgelegen.

Über eine Strickleiter kletterten wir nach oben. Ich vorneweg, Damian dicht hinter mir, wie schon einmal, in der Nacht am Wasserloch. Wie lange war das her? Tage, Wochen?

Drinnen gab es eine breite Pritsche aus Holz, darauf eine leichte Decke und einige bunte Kissen.

In einer anderen Ecke des Raums entdeckte ich einen Tisch und mehrere Hocker. Sogar ein rustikaler Schrank war vorhanden, alle Möbel waren aus Holz. Sicherlich termitenfest. Ich kicherte leise vor gespannter Erregung.

»Du hast mich tatsächlich entführt, Wildhüter!«, sagte ich rau und absichtlich burschikos, um das Zittern in meiner Stimme zu verbergen. »Es war also kein Bluff. Das dachte ich nämlich die ganze Zeit.«

Da legte sich auch schon von hinten seine warme Hand fest und besitzergreifend um meinen Nacken.

»Was ich verspreche, das halte ich auch. Ansonsten halte ich nämlich lieber den Mund.«

Damians Daumen streichelte aufreizend langsam und erregend über mein Ohrläppchen, fuhr dann den

Hals hinunter. Ich hörte beinahe auf zu atmen. Und dann drehte ich mich blitzschnell zu Damian um und sah ihn eindringlich an. Denn noch traute ich mich nicht, es laut auszusprechen: *Fick mich endlich, sonst zerspringe ich!* Damian riss mich an sich, ein unterdrücktes Stöhnen kam aus seiner Kehle. Endlich war auch er so weit.

Wir küssten uns leidenschaftlich, unsere Zungen begegneten sich. Meine Knie gaben nach, und Damian musste mich festhalten, als ich zu schwanken begann. Ab hier ging dann alles ganz schnell und wie von selbst. Nichts war übrig geblieben von seiner selbstauferlegten Zurückhaltung, von meinen inneren Zweifeln und unserem gemeinschaftlichen Zaudern.

Innerhalb von Sekunden rissen wir uns gegenseitig die Kleider vom Leibe. Die Sachen blieben achtlos dort liegen, wo sie eben gerade landeten.

Damian umfasste meine Brüste mit den Händen, beugte den Kopf herunter und nahm abwechselnd die beiden rosigen Nippel zwischen die Lippen. Er saugte so kräftig und lustvoll daran, dass ich noch feuchter wurde.

Ich war so was von nass! Und der Schwanz, der sich da gerade an meiner Spalte rieb, der war groß und hart wie eine Lanze. Ich spürte das lustvolle Pochen und merkte, wie meine Schamlippen sich öffneten, um ihn endlich einzulassen.

Zunächst nahm ich jedoch den Schwanz in die Hand, kniete dabei vor Damian nieder und bewunderte diesen herrlichen Riemen. Dann schob ich sanft und langsam die Vorhaut immer weiter zurück, glitt mit der Zungenspitze über die feuchte Eichel und kostete ihn.

Ich ließ mir das salzige Aroma auf der Zungenspitze zergehen und leckte weiter, genüsslich langsam am Schaft auf und ab, darum herum. Dann knabberte ich behutsam mit den Zähnen an der zarten Haut, bis Damian zu keuchen begann und sein Prügel heftiger pulsierte. Da nahm ich seine Hoden sanft in die andere Hand und massierte sie ganz vorsichtig. Damian stöhnte laut auf. Ich konnte deutlich spüren, dass er jetzt am liebsten sofort abspritzen wollte, aber um Beherrschung rang.

Er packte meine Arme und zog mich wieder nach oben, seine harten, heißen Lippen suchten meinen Mund.

Dann warf Damian mich rücklings auf das Lager. Er spreizte meine Schenkel mit beiden Händen so weit wie möglich, tauchte nach unten und blies seinen heißen Atem direkt über meine klaffende Möse. Ich wimmerte vor Lust.

Meine Schamlippen, die Klit, alles zuckte und zitterte vor Damians hungrigen Augen, einige heftige Lustschauer ließen mich erbeben. Ich wand mich und stieß das Becken unbeherrscht nach vorn.

»Komm endlich, ich kann nicht mehr länger darauf warten. Fick mich, bevor ich noch verrückt werde!«

»Ich will ja, dass du verrückt wirst!«

Er nahm meinen Kitzler in den Mund und saugte daran. Ein Stromstoß jagte bis zu den Brustknospen hoch und ließ mich erneut wimmern. Ich flehte:

»Bitte, bitte, Damian! Nimm mich, ich kann nicht mehr länger warten!«

Sein Mund gab meine Klit frei, die heiß war und vor Verlangen zuckte.

Damians harte Zungenspitze leckte über meine Schamlippen, langsam und genüsslich. Die Zungenspitze fuhr über die Perle und kreiste direkt unter dem Kitzler, ehe sie ihn erneut leckte. Dann sog Damian meine Perle mit den Lippen in seinen warmen Mund.

Mein feuchtes Fleisch wurde vollends weich, die Spalte öffnete sich noch weiter. Sie gierte danach, ausgefüllt, gestopft zu werden. Ich flehte und bettelte nach Damians Schwanz, aber er knurrte nur zwischen meinen weit geöffneten Schenkeln und machte weiter.

Plötzlich stieß seine Zunge vor und direkt in meine Spalte hinein. Und ich hielt in dem Moment ganz still, denn das Lustgefühl dabei war überwältigend. Endlich ergab ich mich. Wenn er wollte, dass ich auf seiner Zunge kam, dann sollte er seinen Willen haben.

Er fickte mich tatsächlich mit seiner Zunge, stieß sie tief und tiefer in mich, zog sie wieder heraus und stieß sie erneut hinein, züngelte und leckte drinnen an den Seiten entlang, bis er spürte, wie sich dort alles zusammenzog.

Bei den ersten Anzeichen meines nahenden Orgasmus zog Damian die Zunge wieder heraus.

»Warte, komm noch nicht, Clara!«

»Aber ich … ich kann doch gar nicht anders.«

»Doch, du kannst!«

Und schon war er über mir. Ich spürte das gesamte

Gewicht seines Körpers, als er mir die Zunge jetzt tief in den Mund schob. Ich schmeckte meine eigene Erregung, erfuhr den Geschmack meiner erhitzten Möse und teilte meine Körpersäfte mit Damian.

Ein durchdringender Geruch nach Sex hing in der warmen Luft des Baumhauses wie eine Wolke, die uns einhüllte. Wir schwitzten beide, unsere Körper waren feucht und heiß. Ich löste mich auf, jede Faser meines Körpers gab nach, ich wurde unendlich weich und locker, gleich würde ich einfach zerfließen.

Aber da schoben sich zwei kräftige Hände unter meine Pobacken und zogen sie auseinander. Ein Finger fuhr dazwischen, klopfte an die Rosette, die mit meinem Körper immer weiter entspannt hatte. Der Finger umkreiste den Eingang, spürte die Nachgiebigkeit der Pforte und drang dann ein. Es tat ein bisschen weh, doch im nächsten Moment empfand ich auch dort Lust. Der Finger drang tiefer ein, mein Fleisch öffnete sich noch weiter – ich wimmerte, ich stöhnte, ich vergaß meine Grenzen, vergaß, wo mein Körper endete und der andere anfing. Ich löste mich auf in Lust und Hingabe, ich verschmolz mit Damian.

Sein großer dicker pulsierender Schwanz drang mit einem einzigen Stoß in mich ein. Sämtliche Muskelringe in mir drinnen gaben bereitwillig dem lustvollen Druck nach. Das Jucken meiner Muschi kam endlich zur Ruhe, mein Verlangen wurde endlich erlöst.

Ich spürte, wie Damians Schwanz sich zielsicher in meine nasse Spalte versenkte, spürte, wie unsere Schamhügel sich berührten. Es zerriss mich fast, ich konnte nicht einmal mehr stöhnen.

Pulsierend steckte er ganz tief in mir drin, und selbst diese kleine Bewegung erreichte meine sämtlichen Nervenenden und fachte meine eigene Lust an bis in nie zuvor erreichte Höhen. Obwohl Damian sich nun gar nicht mehr bewegte – selbst sein Finger in meinem Anus verhielt sich ruhig –, steigerte sich mein innerliches Beben von Sekunde zu Sekunde weiter. Bis mich eine ungeheure Woge der Lust mit sich riss. Während wir zum ersten Mal vollkommen miteinander verschmolzen, lag Damian auf mir und küsste mich. Wir schmeckten und wir rochen und wir spürten uns.

Nachdem mein Höhepunkt etwas abgeklungen war, schlang ich die Beine um Damians Hüften und hielt ihn so davon ab, das Becken oder andere wichtige Körperteile allzu heftig zu bewegen. Ich wollte ihn weiter so intensiv tief in mir drinnen spüren.

Minutenlang. Nur spüren und genießen.

Die Lust breitete sich erneut ganz von alleine in sämtlichen Winkeln meines Körpers aus. Es begann in der Muschi, sammelte sich im Becken, und von dort wanderte die Welle weiter, erreichte die Kopfhaut, die sanft und erregend dabei kribbelte.

Lustschauer wie kleine scharfe Spitzen spielten Ausreißer und trafen dann doch erneut mitten in meiner Möse zusammen, ließen mich keuchen und wimmern.

Damian stöhnte zwischendurch immer wieder laut auf. Er schaukelte sich mit sanften, kreisenden Bewegungen seines Beckens und seiner Hüften in mir dem eigenen Höhepunkt entgegen.

Ich spürte, wie sein Schwanz in mir rotierte und plötzlich wild zuckte und pulsierte und wusste, es würde Damian jetzt bald kommen. Und es gab nichts mehr, was er jetzt noch dagegen tun konnte. Meine Muskeln da drinnen leckten und saugten an seinem Schwanz, massierten ihn, umschlossen ihn weich und feucht und fest.

Noch niemals zuvor hatte ich einen Mann so tief und so vollständig in mich eindringen lassen. Das wurde mir noch bewusst, obwohl die Lust jetzt wieder einmal über mir zusammenschlug wie eine riesige Welle.

Damians Finger in meinem Anus hatte erneut damit begonnen, mich dort zu ficken. Und auch sein Schwanz regte sich heftiger und begann immer härter in mich hineinzustoßen. Wir gerieten in einen unglaublichen Rhythmus, der sich steigerte, bis wir beide schließlich gemeinsam kamen.

Damian blieb anschließend noch in mir. Wir hielten uns weiter eng umschlungen, küssten uns, dann schlummerten wir sogar ein Weilchen in dieser intimen Stellung ein. Erwachten wieder, und mit uns erwachte prompt auch die Lust aufs Neue.

Er bewegte sich nur ein klein wenig in mir, und schon beantwortete mein ausgehungerter Körper willig Damians Anfrage. Und das Ganze begann augenblicklich von vorn.

Wir verbrachten die ganze Nacht im Baumhaus. Die erste wirkliche, echte Liebesnacht meines Lebens, eine Nacht, in der sich Liebe und Lust vereinigten.

Eine Nacht, wie sie sein sollte. Wie alle Nächte im Leben sein sollten.

Damian hatte währenddessen noch mehr Überraschungen für mich. So holte er später für einen köstlichen abendlichen Imbiss verschiedene Leckereien aus dem Schrank. Baguette, Trauben und sogar eine Flasche Champagner, selbst an passende Sektkelche hatte er gedacht.

Und so wurde ich in dieser Nacht im Baumhaus auf vielfältige Weise verwöhnt, mitten in der Wildnis Südafrikas.

Am nächsten Morgen erwachte ich als Erste. Damian schlief neben mir, nackt und so attraktiv, dass mir bei dem Anblick mal wieder Tränen des Glücks in den Augen standen.

Ich strich behutsam mit der Hand über seinen flachen Bauch, dann weiter hinunter, immer weiter …

Damian murmelte etwas, schlief aber weiter, während ich seinen schönen geraden Schwanz streichelte und dabei dachte: Er ist genau richtig für mich. Wenn ich ihn mir hätte backen müssen, ich hätte ihn ganz genau so modelliert und geformt. Genau so wäre er aus dem Ofen gekommen, genau so!

Epilog

Während ich diese Zeilen niederschreibe, sitze ich mit meinem Laptop auf den Knien entspannt im Liegestuhl auf der Veranda, die zu Damians Blockhütte auf dem Camp-Gelände gehört.

Seit einigen Wochen bin ich nun zurück aus München und bei ihm eingezogen. Er wollte es so. Jeden Tag hatte er mir eine neue Einladung per Mail geschickt, solange ich in München bleiben und den Umzug vorbereiten musste.

Meine Wohnung in Schwabing habe ich untervermietet, erst einmal für ein halbes Jahr. In diesen sechs Monaten werde ich hier in Südafrika endlich in Ruhe meine Diplomarbeit schreiben und mich damit hoffentlich zur fertigen Diplom-Psychologin mausern.

In den Schreibpausen lasse ich mich von einem gewissen Wildhüter verwöhnen. Wozu wäre ich sonst hier, wenn nicht aus Liebe?

Von Claus habe ich seit meiner letzten Mail nichts mehr gehört. Das ist völlig in Ordnung so, denn darum hatte ich ihn ausdrücklich zum Schluss noch gebeten: keinen Kontakt mehr zu mir aufzunehmen. Erfreulicherweise hat er sich aber bei Zukhara gemeldet. Sie war vorhin kurz hier, wie beinahe jeden Tag.

Und heute hatte sie dann diese große Neuigkeit zu berichten: Claus will die Vaterschaft anerkennen, sobald sein Kind auf der Welt ist.

Ein wirklich denkwürdiger Tag heute …

Heute Morgen bekam mich nämlich noch eine Mail von Sole: Sie hat sich von Axel getrennt, kaum dass unser afrikanischer Gruppenausflug mit der Landung in München zu Ende gegangen war. Als sie Axel den Seitensprung mit Tom gestand, ließ er sie widerstandslos gehen, und bald darauf kehrte sie nach Spanien zurück. In Madrid hat sie jetzt einen neuen Job als Übersetzerin und eine neue Liebe gefunden. Ihr geht es sehr gut, sie ist glücklich.

Axels Verhalten vor und während der Safari und dann noch der von ihm verschuldete Unfall – das alles habe ihr die Augen geöffnet, schrieb mir Sole. Endlich, denn richtig glücklich sei sie schon lange nicht mehr gewesen, weder mit Axel noch in München. Sie habe allerdings zuerst noch einen *Augenöffner* gebraucht, einen *Perspektivenwechsel*. Und genau das alles habe sie während der Tage in Afrika gefunden.

Myriam hat erst gestern am Abend angerufen und berichtet, dass Gunter und sie bald heiraten werden. Niemand hätte das je für möglich gehalten. Am wenigsten die beiden selbst, die doch so freiheitsliebend und ständig in der Weltgeschichte unterwegs sind. Aber, so erzählte mir Myriam, die Nacht draußen im Busch und mitten unter dem wilden Löwenrudel *habe manche Dinge plötzlich zurecht- und das wirklich Wichtige im Leben in den Fokus gerückt …*

Während Myriam redete, fielen mir die Nacht im

Pool und unser feuchtfröhliches Sexspielchen zu dritt wieder ein.

Wenigstens sind Gunter und Myriam experimentierfreudig und offen und haben echten Spaß miteinander, ging es mir durch den Kopf. Und da sie sich auch außerhalb von Bett und Pool richtig gut verstehen, könnte es mit den beiden wirklich gutgehen. Ehe sie auflegte, gratulierte ich ihr von Herzen und versprach, zur Hochzeit zusammen mit Damian nach München zu kommen.

Bei Ann-Kathrin und Michael geht alles derweil den gewohnten Gang. Bis auf eine Sache: Ann-Kathrin erwartet ein Baby.

Ach ja, und ehe ich es vergesse: Shirley ist auch schwanger. Erst heute Morgen hat sie eine SMS an Damian geschickt, in der sie auch mich freundlich grüßen ließ. Und mein Wildhüter freut sich, weil er nämlich glaubt, dass Shirleys Mann sich operieren und dabei die Vasektomie erfolgreich hat rückgängig machen lassen. Sobald Damian später von seinem Rundgang durchs Camp zurückkehrt, werde ich ihm von der Nacht erzählen, in der ich Tom und Shirley beobachtet habe.

Damian hat mir auch gebeichtet, Tom damals von seinen Gefühlen für mich erzählt zu haben. Und Tom wiederum sollte mit Shirley reden und sich ihrer ein bisschen annehmen. Was er auch brav getan hat. Ich persönlich bin deshalb felsenfest überzeugt, dass Shirley einen kleinen Tom junior zur Welt bringen wird. So oder so bekommt sie also das, was sie wollte.

Während ich jetzt hier so auf der Veranda sitze und

über meine Freunde und die Ereignisse der letzten aufregenden Wochen nachdenke, da fällt mir eins auf: Wir alle haben zu irgendeinem Zeitpunkt in der Vergangenheit Irrtümer begangen. Aber irgendwie ergibt alles nun im Rückblick doch einen tieferen Sinn …

Astrid Martini

Mondkuss

Erotischer Roman

ISBN 978-3-548-26866-8
www.ullstein-buchverlage.de

Rafael ist heiß begehrt – Männer wie Frauen umwerben den schönen jungen Stripper, doch ohne Erfolg: Mit dem Thema Liebe hat er abgeschlossen. Bis Rafael der zehn Jahre älteren Marleen begegnet, die ihn auf den ersten Blick fasziniert. Tatsächlich schafft er es, die zurückhaltende Anwältin zu verführen; seine exzellenten Liebeskünste eröffnen ihr völlig neue Dimensionen der Lust. Aus Angst, Marleen zu verlieren, verschweigt er ihr seinen eigentlichen Beruf: Rafael ist Edel-Callboy …

»Astrid Martini hat Worte für Erotik.« *Rhein-Zeitung*